文春文庫

新たな明日

助太刀稼業（三）

佐伯泰英

文藝春秋

目次

新たな明日《あした》

助太刀稼業(三)

第一章　黒雲涅槃坊《こくうんねはんぼう》

一

文政六年（一八二三）の春から夏に変わった江戸を猛暑が支配していた。

日本橋川の左岸に広がる魚河岸では商いの終わった途端、魚河岸の職人衆が褌《ふんどし》ひとつになり、川に飛び込んで涼をとった。だが、さすがに武家方はさような無作法を為す者はいなかった。

剣術家白井亨《しらいとおる》の味噌蔵道場の門弟衆も早朝に稽古を為すと、井戸端に向かい、水を被って体を冷ましたのち着替えた。

この日も陽が高くなるにつれ、さらに気温が上がった。

門弟衆の中には味噌蔵道場の土間に蓆《むしろ》を敷き延べて、ごろりと横になり、夕暮れが来るのをひたすら待つ者もいた。

江戸にやって来て三年目、助太刀稼業を為す神石嘉一郎《じんせきかいちろう》は時折り、南鍛冶町一丁目の刀剣商にして金貸しの備前屋十右衛門《びぜんやじゆうえもん》方に顔を出し、大番頭の國蔵《くにぞう》と談笑して暇をつぶしていた。ときにこの談笑のなかから仕事が生まれることもあった。とはいえ頻繁に助太刀稼業があるわけではない。これまでの稼ぎで暮らしながら、未だ涼しさが残る暗い早朝に炭町の白魚長屋を出て、橋を渡って日本橋川左岸小網町の味噌蔵道場こと白井亭道場を訪れ、稽古をする日々だった。

剣術修行は嘉一郎のただ一つの生きがいであり、使命であった。もはや剣術など出世の役にも立たぬことは承知していたが、命を張った助太刀稼業のために剣術の稽古は必須のことだった。

嘉一郎が味噌蔵道場の片隅で両眼を黒鉢巻でふさぎ、薩摩の刀鍛冶波平行安《なみのひらゆきやす》の鍛えた刃渡二尺四寸一分の豪剣を腰に差し、故郷の豊後佐伯《ぶんごさいき》城下にて父に教え込まれた抜き打ちの稽古をしていると、誰かが嘉一郎の前で動きを止めた。だが、声を掛けることもなく気配を消したままだ。

味噌蔵道場の門弟なればかような無言の凝視は有りえなかった。もはや味噌蔵道場では嘉一郎を指南方の一人《いちにん》と認めているからだ。

（何者か）

武者修行を始めて三年弱、それなりの稽古を積み、助太刀稼業で真剣勝負を為したこともあった。ために二十六歳の嘉一郎は動きを止めることなくひたすら抜き打ちの稽古を続けた。

相手は抜き打ちの刃《やいば》からぎりぎりのところに佇《たたず》んでいる、と思えた。

嘉一郎がわずかでも踏み込めば、刃が届く。

だが、相手は嘉一郎の力を試すようにその場に足を止め、不動の構えを見せていた。嘉一郎は稽古を不意に止め、

「なんぞ御用かな」

と問うた。

声を聞けば知った人物と分かるのではないか、と思ってのことだ。だが、相手は沈黙を守った。

しばし無言の間があって、相手が動いた。

ふところからなにかを摑み出し、ふわりと虚空に投げた様子があった。殺気など一切なく香のにおいが嘉一郎の鼻腔に広がった。

（女忍びか）

と嘉一郎が思ったとき、

「神石様、お呼びですか」

と言葉を掛けたのは白井道場の番頭方を任じる若い水上梅次郎《みずかみうめじろう》だった。

「おお、このお方が道場に御用のようだ」

と言いながら嘉一郎は両眼を閉ざした黒鉢巻をとり、辺りを見廻した。

「このお方とはどなたですか」

「最前からそれがしの稽古を見ていた御仁だ」

(この場を離れたか)

と嘉一郎は思った。

「はあー、嘉一郎様は最前から独り稽古を為されていましたよね」

「いや、それがしの抜き打ちを見ていた御仁がひとりいたろう。ひょっとしたら女衆《おんなし》かもしれん」

嘉一郎の言葉を聞いた水上梅次郎は繁々と周りを見て、

「いえ、ずっとお独りでした」

と言い切った。

「なに、それがしの稽古を眺めていた者などおらぬというか」

「それがし、ときに嘉一郎様の方に眼をやって抜き打ちを見ておりましたが、だれもこの場に近寄った者はいません」

と繰り返した。

「そんなばかな話があるか」

「嘉一郎様の抜き打ちを近間から見る者なんて、うちの道場の門弟にはだれひとりとしておりませんぞ。それとも目隠ししての抜き打ち稽古を傍らで見る無謀な門弟がおると言われますか」

と質《ただ》した。

「その者が香のにおいがついた懐紙なぞ撒《ま》いたと思うのだが」

との嘉一郎の言葉に、

「懐紙ですって」

と問い返した梅次郎が土間床を見て、

「ああー、桜色の懐紙が散っておるぞ」

「であろう」

と嘉一郎も懐紙に眼をやった。

「とは申せ、それがし、女衆など見ていませんぞ。おかしい」

と梅次郎は首を捻《ひね》り、足元の懐紙を拾って、

「ああ、いい香りがするな。白檀《びゃくだん》とか沈香《じんこう》とかそんな香りだ」

と言った。

嘉一郎は香木について知識はなかった。

しばし沈思した嘉一郎が、

「梅次郎どの、そなた、だれに呼ばれたのだ」

「そなた様がお呼びになりましたよね」

「目隠しして独り稽古をするそれがしが梅次郎どのに声をかけたというか」

番頭方の梅次郎のふだんの居場所は見所《けんじょ》近くだ。嘉一郎が独り稽古をする道場の端とはかなり離れていた。両者の間で大勢の門弟衆が稽古を為しており、竹刀で叩き合う音や気合いを発する声で溢《あふ》れていた。嘉一郎が大声を上げたところで梅次郎に届くかどうか。

「違ったかな、それがし、嘉一郎様に呼ばれたと思い、この場にやってきたのだがな」

と梅次郎が首を捻った。

(妙なことが味噌蔵道場に降り掛かっておらぬか)

と嘉一郎は思ったが、懸念に陥ったわけではない。もしその者が嘉一郎に危害を加えようとしたのなら、すでに行っているだろう。

ふたりが訝《いぶか》し気に見合うところに味噌蔵道場の師範代の藤堂裕三郎《とうどうゆうざぶろう》が歩み寄り、

「どうなされたな、ご両人」

と声を掛けた。

嘉一郎が、両眼を隠して独り稽古をしていた折りに感じたことを告げた。

「ところが梅次郎どのはそれがしと対面していたはずの女子《おなご》などおらなかったと言われるのに、それがしの前で振りまいた香のにおいのする懐紙がこうして床に落ちているのだ。女忍びとでも考えればよかろうか、師範代どの」

うう一ん、と呻《うな》った藤堂が、

「それがしもそなたの目隠し稽古をちらちらと眺めておったが、さような女子衆はおらなかったぞ、そなた、なんぞ勘違いしたのではないか」

「勘違いですか」

と嘉一郎は不思議な心持ちで言った。

「そうか、神石嘉一郎ほどの剣術の達人が近くに人の気配があるかなしかを間違えるわけもないか」

と藤堂が己を得心させるのに、

「いえ、それがしだけの特技ではござるまい。目隠ししていようといまいと、抜き打ちの稽古をする者の傍らに他人が佇むことはあるまい」

と嘉一郎はその折りの感じを繰り返し告げた。

「だが、梅次郎もそれがしも神石どのの傍らに女忍びがいたのを見ておらぬ。うちの道場になんぞ異変が生じておるのであろうか」

と師範代の藤堂が梅次郎の手にする懐紙を見た。

「香りのする懐紙を懐に入れて稽古を為す門弟など、うちにはひとりとしておりませんがな」

と梅次郎が洩らし、

「おらぬな。だが、このこと、どう考えればよいのだな」

と藤堂が異を唱えた。

「もしやしてなにか異変が、わが道場というより神石嘉一郎どのに何者かが異変を告げようとしたのではないか」

「それがしにですか」

「嘉一郎どの、近ごろどこぞで武芸を嗜《たしな》む女衆と出会いませんでしたかな」

「武芸を嗜む女衆など会った覚えはござらぬ」

「いや、この居るか居らぬかわからぬ正体不明の女は神石どのになにかを訴えようとしておるのだ。この女子、並みの人物ではあるまい」

と師範代が推量をふたりに告げた。

「それがしに訴えておりますか。藤堂どの、訴えるならば正体を見せて話せばよきことではござらぬか」

「恐らく、この女子、われらのような味噌蔵道場の門弟とは関わりを持ちたくないのだ。そなただけに悪意か善意か知らぬが訴えておると思わぬか」

師範代の藤堂の推量に嘉一郎は首を捻るしかなかった。

「いや、この次はそなたが独りになった折りに話しかけてきますぞ、間違いない」

「師範代や番頭方のそれがしにはないのですね」

と梅次郎が念押しした。

「おお、凡々たる技量のわれらにはかようなことは起こりえぬ」

と藤堂が言い切った。むろん白井道場の師範代だ、それなりの力があることは当人も周りも承知していた。

嘉一郎は藤堂の言葉に首を傾げた。

「さようなことがありましょうかな」

「ある。必ずその女子は神石どのの前に早晩姿を見せるわ」

「それがしには、なんの関心もありませんがな」

「そなたにはなくとも女子にはある」

「その者、女武芸者、あるいは女忍びですな」

との嘉一郎の念押しに、

「おお、間違いなかろう。並みの女子ではないわ。神石どの、色香に迷って油断など為すでないぞ」

「色香ね、油断はしませぬがなんのためであろうか」

と嘉一郎は自問した。

「それはその女子が神石どの、そなたに訴えた折りに分かるわ」

「厄介ですな」

「厄介と考えるか有難く感じるか、楽しみに待っておりなされ」

と師範代は無責任なことを言った。

稽古を終えた嘉一郎は鎧《よろい》ノ渡で渡し船に乗り、対岸の南茅場町へと渡ろうとしていた。

独り者の嘉一郎だ。

朝稽古を終えた刻限、いつもならば日本橋川の左岸を遡《さかのぼ》り、魚河岸の職人を目当てに地引河岸から中河岸、芝河岸へと続く河岸道に並ぶざっかけないめし屋の一軒に立ち寄り朝餉《あさげ》と昼餉を兼ねた食事を摂った。

だが、この日は対岸へと渡し船で渡り、南茅場町の堀、その名も千川を木橋で渡ったところにある芭蕉堂《ばしようどう》近くのめし屋に久しぶりに訪れようと思った。

「おや、神石の旦那、珍しいな」

老夫婦ふたりでめし屋を営む亭主の七兵衛《しちべえ》が店から声をかけてきた。暖簾《のれん》を潜《くぐ》ろうとした嘉一郎は狭い店のなかが船頭衆や大番屋の奉公人たちでいっぱいだと気付いた。

「おお、店は込んでおるか」

「南茅場町の武道場の朝稽古が終わったところでな、腹を減らした若い門弟衆で込んでやがる。どうだ、茶を飲みながらよ、堀端で待たねえか」

と年寄りの主《あるじ》が、陽射しを柳の木が遮る堀端を顎で指した。

この界隈には七兵衛が主のめし屋しかない。

「別に四半刻（三十分）待ったところで飢え死にはしないでな。堀端で待とうか」

と言い残して嘉一郎はめし屋の前に置かれた縁台に向かった。するとだれも居ないと思った堀端に、めし屋の客としては珍しいいささか年増《としま》ながら小粋な女衆が座っていた。

「おや、お侍さんも店から弾き出されたかえ」

と女が声を掛けてきた。

「そのほうも七兵衛のめし屋の客か。こんなに立て込んでおるのは珍しいな」

「のようですね。本日は客ではございません、七兵衛さんのところへ掛け取りに来たんです。ああ込んでいたんでは、話もできません。こちらで待つことにしました」

「さようか、商いとあっては待つのも仕事だ」

と言う嘉一郎に女が手早く土瓶の茶を茶碗に注いで、差し出した。

「これは恐縮」

「つい最前湯を入れたばかり、温《ぬる》くはなっていますまい」

「そなた掛け取りというが、七兵衛が珍しいな。あの者、買い物はすべてその場で銭を支払うで、どこにも一文の借財もないと常々威張っておったがな」

「よう承知ですね」

と言った女が自分の茶碗を手に取り、喫した。

嘉一郎も女を真似て茶を飲んだ。

「おお、これは七兵衛の店にしては上等の茶葉ではないか」

いつも七兵衛のところでは出がらしの茶だった。

「はい、私、茶だけは贅沢でございまして、七兵衛さんのところに駿河産の茶を預けてありますので」

「なんと、それがし、そなたの茶を喫しておるか。客が込み合っていて得をしたな。なんとも上品な香りだな」

と嘉一郎はしみじみと女の茶を味わった。

「旦那はご浪人のようですね。仕事はなにを為さっておられます」

「それがしか、助太刀稼業と称しておるがな、この界隈のお店《たな》の番頭などに従い、借財を取り立てる手伝いを為しておる」

「助太刀稼業なんて仕事がございますか」

「それがしもしばらく前にこの稼業を知り、近頃ようやく江戸での暮らしが落ち着いたところだ」

「焦げついた借財を取り立てて、取り立てた金子《きんす》のなんぼかが旦那の稼ぎになりますか」

「おお、勘が良いな。在所にはない稼ぎ仕事が江戸にはいろいろあるな」

「旦那の稼ぎは五分ほどでしょうか」

「そなた、表には知られぬ商いの値までよう承知かな。いかにも五分が稼ぎだ」

「百両の借財を取り立てて五両の手間賃ですか。なかなかよい仕事を見つけられました」

「それがしに仕事を呉れるお店では百両なんて借財を取り立てることはない。せいぜい一両から五両の取り立てに幾たびも行かねばならないでな、そなたが申すような稼ぎは有りえぬ」

嘉一郎は初めて会った女子に刀剣商にして金貸しの備前屋の仕事の現実を告げる気はなかった。ゆえに取り立てる借財も方法も控えめに話した。

「旦那の在所は西国ですね」

女が話柄を不意に転じた。

「やはり江戸の人間には在所の訛りが耳につくか。いかにも西国豊後《ぶんご》の細《さき》やかな大名家の下士であったがな、大坂、京、江戸と渡り歩き、武者修行の旅を経て一年ばかり前にこの地に落ち着いたところだ。江戸は繁華じゃな、なんとか飢え死にせぬ程度の目途が立ったところだ」

「それはようございました。旦那の剣術の技量、なかなかですね」

「在所剣法よ。わずかな借財取り立ての場で死にたくはないでな、必死に生き延びておるわ」

と嘉一郎が応じたとき、話し相手の女衆が七兵衛の店に掛け取りにきていると話したことを思い出した。

「そなたも七兵衛の下へ掛け取りにきているのであったな。ということはわれら同じような仕事をしておるか」

「さよう、旦那は借財の取り立ての手伝い、助太刀稼業でしたか。私は掛け取りですが、まあ、七兵衛さん相手には真っ当な掛け取り、とはいえお互い取り立てであることに変わりなしですね」

女は不意に立ち上がると、ふわっと香の匂いを漂わせ、

「今日はいくら待っても七兵衛さんの店の客は減りませんね。諦めてまた出直します」

と言い残して大番屋の方角、日本橋川へと歩きかけて、振り返った。

二

「旦那とはどこで連絡《つなぎ》が付きますかね」

「それがしに仕事を呉れるというか」

「旦那の気持ち次第です」

しばし間を置いた嘉一郎は、鎧河岸の白井道場、と口にした。

「おや、白井亭先生の味噌蔵道場で門弟として稽古をしておられますか。それとも師範方として指導をされておられますか」

「一応指南方をしておる」

と答えた嘉一郎に、

「その若さで味噌蔵道場の師範方ですか」

と信じられないといった口調で応じた。

「剣術は稽古量や老若の差で決まるものではなかろう」

「いかにもさようです」

と嘉一郎の返答を肯定した女が、

「白井先生は江戸でも厳しい剣術家にして道場主として知られています。おいくらか、指導料をお聞きしてもようございますか」

「わずかなものだ。月にして一両なにがしであったな」

「白井先生は、旦那の技量をよほど高く買われましたね」

「江戸は在所と違い、すべてが高直《こうじき》ではないか。一両なにがしではそれがしひとりでも暮らしていけまい」

女の言葉に応じると、

「それは旦那次第」

とこちらも答えた。

「味噌蔵道場の稼ぎはどうでもよきことです。そなた様が申されるように江戸ではすべて物の値が高うございます。ゆえにそれなりの稼ぎの仕事をされることです」

「助太刀稼業の務めを続けよと申すか」

「はい。旦那はすでに江戸で助太刀稼業を為しておられますね。これまでにいくら稼がれましたな」

と女はなにか考えがあるのか執拗に迫った。

「礼金は未だ頂戴しておらぬ」

嘉一郎は正直に答えた。

「仕事は果たされたのですね」

と念押しする女子に頷《うなず》くと、

「なにゆえ、相手は礼金を支払わないのですか。この稼業、その場で金子の受け渡しがなければ、実入りは諦められることです」

「いや、それがし、約定の務めを為した以上、必ず給金は頂戴する」

と言い切った嘉一郎をしばし見つめていた女が縁台に戻ってきて隣に座し、

「旦那ならありかな」

と洩らした。そして、

「助太刀稼業もピンからキリまでありまます。一件で何百両になる仕事もあるにはある。されど何百両もの礼金を約定しながら受け取れない金子もある」

「どういうことだ」

「旦那、その場で金銭のやりとりがない場合、決して後から金子を受け取ることはありえないと覚えておかれることです」

「いや、最前も申したが仕事を為した以上、約定の金子はそれがし、必ず支払わせる。そうじゃ、あと一、二件仕事を熟《こな》して礼金を頂戴したら味噌蔵道場の師範方を辞してもよいな」

嘉一郎は漠然とだが、いま一度武者修行に出ることを考えていた。が、そのことを女に告げなかった。

女がしばし間をとって熟慮し、

「旦那、考え違いをしておられます」

「どういうことだ」

「白井亨先生の味噌蔵道場の師範方を辞めてはなりませぬ。そなた様が江戸で生きていかれるなら肩書きが要ります。味噌蔵道場の師範方は立派な肩書きです」

「なに、味噌蔵道場の師範方は、江戸で信頼されておるか」

「白井亨先生の武名は江戸で知られております」

という相手の言葉に嘉一郎は、

(剣術家白井亨どのとはそこそこに戦えたはず)

と思い起こしていた。

「味噌蔵道場の道場主がなかなかの剣術家とは承知しておる。だが、それがし、独りだけの力で生き抜いてみたい」

この返答に女は嘉一郎を凝視し、

「やはり江戸を承知しておられませぬ」

と言った。

「それはそうだ。それがし、在所から出てきたばかり」

「江戸に何十年住もうとも在所者は在所者としか評されない御仁は数多《あまた》おられます。反対に半年で江戸がどのようなところか察せられるお方は、少のうございますがおられます」

と女は言い切り、

「最前申し上げましたように、わたくし、掛け取り屋でしてね、ために掛け取りお銀《ぎん》と呼ばれています」

と名乗り、嘉一郎を正視した。

「掛け取り屋とは、雇われて掛け売りの代金を取り立てる仕事かな」

「いかにもさようです、旦那」

「それがし、神石嘉一郎、西国豊後から江戸に出てきたばかりの田舎者だ」

「神石様の剣術、なかなかと見ました。されど剣術の技量だけでこの江戸で生きていくのは難しゅうございます」

「お銀どのが申す肩書きが要るというか」

「いかにもさよう。白井亨先生の味噌蔵道場の師範方は立派な肩書きです。されどそれだけでは江戸では一人前と認められますまい」

と言い切り、

「もうひとつの肩書き、助太刀稼業神石嘉一郎も未だ知られていませんね。この肩書きを世間に広めることがそなた様の生きる道です」

と言い添えた。

「どうすれば助太刀稼業の名が広まるかのう」

と思わず独語した。そして、刀剣商にして金貸しの備前屋とは知り合いだと、お銀に告げようかどうか迷った。

「神石嘉一郎様、掛け取り屋のお銀のためにひとつ仕事をしてくれませんか。取り立ての金子の五分などそなたに支払えませんが日当はお出しします」

とお銀が嘉一郎の迷いの間に願った。

「つまりそれがしの技量が知りたいと申すのだな」

「さようです」

とお銀が即答した。

「その仕事次第では助太刀稼業神石嘉一郎の名がいくらか広まり、それがしが生きていけるための助勢になるというか」

お銀がこくりと頷いた。

「いつだな」

「数日裡《うち》に味噌蔵道場へつなぎを付けます」

と言い切った。

「当てにはすまい。されど待つことにしよう」

嘉一郎はお銀の言葉を信じなかったわけではないが、当たり障りのないようにこう応じていた。首肯したお銀がふたたび立ち上がった。

七兵衛の店は相変わらず込んでいた。

嘉一郎はもはや七兵衛の店で食事を摂ることを諦めていた。そこでいささか歩くが南鍛冶町一丁目の備前屋を訪ねようと思い直した。

備前屋に辿り着いたとき、正午の九つの時鐘が江戸の町に鳴り響いていた。店の帳場格子に大番頭の國蔵の姿は見えなかった。裏口から備前屋の広い台所に入ると、大勢の奉公人たちが慌ただしく昼餉を食していた。江戸の大店では仕事中の食事は出来るかぎり暇をかけないことを旨とした。

「おや、神石様、裏口からお出でですか」

大番頭の國蔵は奉公人たちが昼餉を食する様子を見ながら囲炉裏端でお茶を喫していた。

「やはり昼餉の刻限であったか」

「どこぞで食されましたかな」

と國蔵が問い返した。

「いや、白井道場で朝稽古を終えて南茅場町界隈でめしを食おうとしたが、それがしの知るめし屋はえらく立て込んでいてな、あちらで四半刻以上も待たされたのち、とうとうめしを食いはぐれたのだ」

「それはお気の毒でございますな。しばらく辛抱できますかな。すぐに膳を仕度させますでな」

囲炉裏端で独りだけ茶を喫する大番頭の傍らに嘉一郎が上がろうとすると、顔見知りの奉公人たちが会釈してきた。挨拶を返しながら國蔵と対面して座すと、ほっと安堵した。

「有難い。こちらでなんの仕事もせんで、昼餉を頂戴できますか」

「ご存じのようにうちではひとり増えようと、なんの差支えもありません」

「とは申せ、ただ飯を食いに来たようだ。めし代くらいの仕事があると遠慮なく食せるがな」

「神石様の昼餉のお代程度の御用ね」

と思案していた國蔵が、

「わたしにはございませんが、旦那様のお供ではどうですな」

との言葉に嘉一郎は慌てて衣服を確かめた。古着屋で求めた時服のうえに一応羽織を重ねていた。

「その形《なり》で十分です」

「行き先は武家方ではないか」

「いえ、寺社方です。南北品川宿入会地にある貴船社です」

「きふね社な」

初めて聞く名だった。御用と聞いて嘉一郎は奉公人たちと競い合うように慌ただしく食事をして満腹した。

「嘉一郎様は品川宿をご存じでしたな。品川宿を南北ふたつに分けて目黒川が西に延びております。ひょっとしたら、今晩は川岸に泊めた屋根船か、貴船社で泊まりになるやもしれません。構いませんかな」

「独り者だ。それがしが今晩どこで過ごそうと文句をいう者はおらんわ」

と嘉一郎は応じて國蔵が大きく頷いた。


昼下がり、南鍛冶町一丁目の船着場から嘉一郎は、備前屋の当代の主《あるじ》十右衛門の供で、ふたり船頭の屋根船に乗り込んだ。

「主どの、それがし未だ江戸には慣れぬで、どのようなことでも命じて下され」

と願った。

「神石嘉一郎様はなかなか利口なお方です。すでにうちの仕事を何度かなされてやり方を承知しておられます」

「いや、備前屋の商いのひとつ、金貸しについては未だ得心したとはいえぬ」

「金貸しは、金子を貸して利息を頂戴する仕事です。至って分かりやすい商いです」

「とは申せ、こちらの貸し金は何百両といった大金であろう。それが滞ると厄介でござろう」

「いかにもいかにも」

と応じた十右衛門が、

「神石様は、幾たびかさような厄介な借財を受け取る場に立ち会われましたな。いや、立ち会われただけではない。相手が支払うように働かれた。つまりうちの金貸しの要諦《こつ》をすでにわかっておられます」

「だが、客の一人ひとりの気性も借財の多寡も違うし、金子を返さぬ事情もそれぞれ違おう。その経緯《いきさつ》を承知してはおらんで、ただ、大番頭どの方が命じられるとおりに動くしか能はない」

「神石様、そなた様の稼ぎ仕事は助太刀稼業でしたな。うちの力になって働いてくださることで金子が動くのです。大番頭からすでに聞かされたと思いますが、商いとは、物と金子の交換、動いてなんぼのものです。滞った金子を神石様の刀が動かしたとしたら、それがうちの商いのひとつ、利を生む仕事に携わったということでございますよ」

と十右衛門が言い切った。

「それがし、主どのや大番頭どのの命を忠実にこなせばよいのであろうか」

「それではご不満ですか」

「いや、それで備前屋の仕事の一端にでも携わっていると主どのが申されるならば、それがし、満足である」

嘉一郎は十右衛門の考えにこう応じた。

「神石様、剣術の核心はなんでございましょうな」

と備前屋の主が話柄を変えた。

「なに、剣術の極意はなにかと問われるか」

「はい」

嘉一郎は十右衛門から問われて、改めて沈思した。

「わが腰に差した刀、波平行安を無心に抜き、操ることかのう」

「行安を抜き放つための曰くはどうでもよきことですかな」

「主どの、むろん鞘《さや》に納まった刀を抜くには抜くだけの理由がなければならんな。ただ己の力を見せたいとか、立ち合いに勝ちたいというだけの曰くでは、武士とは申せ、助太刀稼業にはなるまい」

「さよう、四民の上に立つお武家様が刀の力を借りるときには、万民を得心させる理由が要りますな」

「いかにもいかにも」

「刀を抜かずに済むならば、それに越したことはありません。武士は利を追ってはならぬものとは思いませぬか」

「武士は利を追わぬ生き方をせよと申すか」

嘉一郎は十右衛門の言葉を繰り返し、その意が理解できなかった。

「私ども商人は、金子を動かして利を生むのが仕事、商いです。金子が金子を生み出すのです。一方、お武家様方は鞘に刀を納めたまま、この世を平穏に保つ。それが刀の眼に見えない真の力と思われませんか」

十右衛門に言われて、嘉一郎は未だ刀にこだわり、刃の力に頼っておるなと思った。

「商人の『刀』は金子の多寡と考えられるお方もございますが、金子はこの世で動かしてなんぼです。まるで役割が違います」

備前屋の主の言葉は、嘉一郎には漠としか理解できなかった。

「神石嘉一郎様、そなたは国許の佐伯城下を出た折り、その曰くを武者修行と考えられたそうですが、その考えに今も変わりはありませんか」

「いや、それが」

と応じた嘉一郎は不意に口を閉ざした。

屋根船はいつの間にか江戸の内海に出ていた。船の左舷に佃島が見えた。

しばし無言の時が十右衛門と嘉一郎の間を支配した。

「それがしが藩を追われ、佐伯領の細やかな浜辺から旅に出た折りは、いかにもさような考えの武者修行を為すつもりであった。だが、かように旅の空の下で歳月が過ぎて、『文政の世に武者修行とはなんぞや』と戸惑いが生じておるのだ。ただ今備前屋の主どのと船に乗り、御用を務めるのもさよう。武者修行のひとつか、あるいはただの食い扶持《ぶち》、稼ぎ仕事か迷っておる。ともあれ、武士がただ食い扶持を求めての稼ぎ仕事であっては武者修行ではあるまいな」

「私に同行する用事は武者修行と言えるかどうか」

「何年も前ならば武者修行ではないと言い切ったろう。だが今は、かような御用も武者修行のひとつではないかと考えるのだ、最前、主どのが申されたように刀を鞘に納めたまま、世の中を動かしたとしたら、つまりは金子を動かす助勢を為したとしたら、それはもう武士にしかできぬ真の使命を果たしているのではなかろうかと思うのだ。間違いであろうか、備前屋の主どの」

「神石様、そなた様の申されること、商人が金子を動かす理《ことわり》でございますよ。もはやそなた様は、うちの商いの金貸しの本分を承知しておられます。今後とも末永いお付き合いを願います」

と十右衛門が言ったとき、屋根船から目黒川の河湊が見えた。

目黒川は高々二里ほどの流れだ。この河口付近は江戸の内海に接し、品川湊と呼ばれた。目黒川の流路は江戸の内海に向かって湾曲し、砂洲に遮られて流れが緩やかになっており、漁師船や荷船を舫《もや》う湊に適していた。

「神石様は、品川宿をご存じですかな」

と備前屋の主が問うた。

「それがし、江戸へと入る折り、この品川の地を通ったゆえ承知です。ただしそれ以上の知識はござらぬ。たしか江戸からの五街道の一、東海道一番目の宿場が品川宿であったな」

「いかにもさようです」

嘉一郎は屋根船から品川湊を眺めながら、

(毛利《もうり》助八郎《すけはちろう》は、どうしていようか)

とふと思い出していた。

「目黒川を一里ほど遡ったところにこれから訪ねていく貴船社がございます」

と十右衛門が説明したとき、船は砂洲の間の曲がりくねった流れに入り込んでいた。

三

目黒川の河口から半里も遡ったか、居木橋《いるぎばし》なる村の岸辺に屋根船を着けさせた十右衛門が船頭に何事か告げて、先に土手上に上がった。

嘉一郎は屋根船に置かれてあった六尺ほどの竹棒を見ると、船頭から借り受けて十右衛門に続いた。

十右衛門は嘉一郎が手にした竹棒を見たがそのことにはなにも触れず、

「神石様は取り立て稼業に慣れましたな」

「出来ることならば刀は抜きたくないでな。まあ、竹棒で事が済むならばよかろうと思ったのだ」

と嘉一郎は答えていた。

「さよう、これから訪ねる先は、品川宿で強引な取り立てを行っている上方《かみがた》の坊主の面々でしてな、なかなかの連中です、うちも前には取り立てをこの者たちに願っておりました。ところがうちが願った借財の取り立てを為したにも拘《かか》わらず、いくら催促しても五件の借財、都合八十七両二分の金子を一文も渡してくれません。この者たちには取り立てた金額の一割を贈る約定でしたが、一割どころか八十七両二分すべてを懐に入れたままでしてな」

（なに、破戒坊主の取り立て料が一割で、それがしは五分か、倍の差を付けられておるか）

と、嘉一郎は無念に思った。とはいえ金子が欲しくて手を貸しているのではない。武者修行の一環としてやっているのだと、嘉一郎は己に言い聞かせた。

ふたりが歩く左右には青々とした田圃《たんぼ》が広がっていた。

「坊主どもが八十七両二分を品川宿で取り立てたのはいつからいつまでのことだな」

「うちが知ったのは半月ほど前のことです」

「ならばその者たち、八十七両なにがしかの大金を得て早々に品川界隈から上方か、あるいは近間の都、繁華な江戸に立ちのいてはおりませぬか」

「いえ、坊主五人は未だ品川宿で、取り立てだけではない強引な稼ぎを為《か》しておるそうです。腹立たしいことにこやつら品川宿の遊女をふたりほど落籍《ひ》したそうです」

（なかなか京の坊主は稼ぎ上手、遊び上手かな）

と嘉一郎は感嘆した。

「本日の御用は坊主五人からその金子を取り立てる仕事かな」

「はい」

「五人の坊主どもを懲らしめて八十七両二分のなにがしかを取り立てた場合、それがしの礼金は五分かな」

と顔にいささか不満を漂わせて言ってみた。嘉一郎の表情の意を察した備前屋十右衛門が、

「いえいえ、こたびの取り立ては厄介ゆえ一割をお支払いします」

と応じたものだ。

なんとも釈然としなかった。金の不満を述べ立てることに嘉一郎は躊躇したが、一応口にしてみれば稼ぎが倍になった。

「厄介とはどのようなことかな」

「この者たち、元は京の比叡山延暦寺の僧でしてな、寺にて修行した長刀《なぎなた》を巧妙に使うそうです」

「修行僧が金貸しの用心棒の如き真似をしおるか」

「うちでもこの者たちの正体を調べさせました。巷の噂によりますと、あまりにも乱暴ゆえ比叡山延暦寺を放り出された面々とか、勝手に出たとかの曰く付きの破戒坊主でしてな、悪知恵が回るうえに長刀の技量はなかなかのものとか。また都合によっては比叡山延暦寺の坊主を名乗り、寺社方の役人が出張った場合は、われら、もはや延暦寺とは関わりない、ただの長刀修行者に過ぎぬと詭弁《きべん》を弄し、金貸しの手先となって稼ぎに奔《はし》っているそうな」

京では僧侶を格別に尊び、敬うことを嘉一郎は承知していた。この一件、下手をすると破戒坊主だけではなく、京の人々をも敵に回すことにならないか、とちらりと危惧した。

「西国の在所出のそれがしが比叡山延暦寺の僧五人を相手にするか」

と独語すると、ううーん、と嘉一郎は唸《うな》った。そして、過日、小太刀と鞭を操る尼僧と戦ったことを思い出した。それがこたびは、比叡山延暦寺の僧にして知恵者が相手という。

(厄介どころではないぞ)

と沈思した。と、そのとき、

「神石様、こちらが貴船社でしてな」

と十右衛門が差したのは、えらく貧相な社だった。

嘉一郎の表情を察したか、

「本社は貴布禰《きふね》明神、南品川にございます。こちらの貴船社は分社でしてな、本社の威光をお借りして、はい、品川宿の盛り場の金子をいったんこちらの貴船社に預けて、持ち出すおりには賽銭《さいせん》として処理します」

賭場や犯罪などで稼いだ厄介な金子を洗浄する役目を貴船社は果たしていると十右衛門が言った。

「さような手妻を京の寺の出の僧侶五人が為しているというか」

「はい。その五人は品川宿の盛り場の主たちが稼いだ金子を、貴船社の賽銭としてふたたび品川宿に戻しても役人衆に目を付けられないよう策を講じているのです」

「盛り場で稼いだ一両は、世間の商人衆が律儀に稼いだ一両とは異なりますかな」

「いいえ、本物の小判なればどれも同じ一両です。ただし、盛り場に集まる金子には、やくざなどが絡んだいろいろな差しさわりのある金子もありましてな、役人に知られると厄介が生じる場合もあります。そこで品川宿界隈で元の持ち主の分かるかような悪銭を貴船社に一時預け、時を置いて賽銭《あがり》と称して品川宿へと戻す役割をしておったのです」

「十右衛門どの、老練な役人が調べれば貴船社を通した金子がどのような出自か分かりませぬか」

「江戸の老舗などでは自分の店のものと分かる千両箱に金子を保管しております。さような千両箱は中身を詳しく調べずとも千両として商いに使えます。ところが最近一見老舗の千両箱を装い、しかも何割か贋《にせ》の包金の交ったものが出回っておりましてな。ゆえにすべての千両箱の包金を調べねばならなくなったのです。そんな面倒を避ける手立てがございます、はい、貴船社を通った包金ならば、本物の小判と認められておりました」

と、備前屋の旦那が言い切った。

「ならば貴船社も商人にとって使いようがあるではないか」

「一見仰《おつしや》る通りなにがしかの役目を果たしているかに見受けられます。ところが備前屋が取り立てを願った仕事を引き受けながら、私どもには半金のお返しとか、取り立てた金子すべてを、己の懐に納めてしまうことがこのところ繰り返し生じておりましてな」

「かようなことは前にはなかったことかな」

「はい、うちには最近までございませんでした。ところがうちにも降りかかってきたのです」

「なぜであろうかのう」

「大番頭から聞かされて、あれこれ理由をふたりして思案しました」

「なんぞ曰くが分かったかな」

はい、と即答した十右衛門が、

「どうやらそなた様、神石嘉一郎様と関わりがあるのではと大番頭さんと私のふたり、考えが一致しました」

「なに、それがしとな。じゃが、貴船社の僧侶五人などだれひとりとして知らぬぞ」

「これまで関わりがございませんでしたがな、向後は厄介が増えようかと思います」

と十右衛門に言われても嘉一郎に思い当たる節はなかった。首を捻る嘉一郎に、

「私の言い方がいささか突飛というか飛躍しておりますな。大番頭さんと考えが一致したのは神石様がうちに出入りするようになったあと、この五人組が取り立

てた金を懐に入れるようになったということでしてな」

「主どの、それではそれがしと五人組の坊主が手を組んでおるかのように聞こえるぞ。それがし、その者らのことを聞かされたのは、本日が初めてじゃぞ」

「いえね、強引な取り立てで荒稼ぎする五人組の坊主どもにとって、神石嘉一郎様の助太刀稼業は目の上の瘤《こぶ》でしてな。このままでは実入りが減ります。同時に私らの意を受けて働く神石様も五人組の所業をこのまま許しておくわけにはいかない。ということで返済されない大金を巡って、両者が対立することになるというわけです」

想像もしなかった言葉に、うーむ、と呻った嘉一郎は、

「これから貴船社に乗り込んで五人組の坊主どもから八十七両二分を取り立てれば、それがしの本日の御用は成ったということかな」

「まあそうです」

と十右衛門の返事は曖昧だった。

「なんぞ他に懸念がありますかな」

「いえね、本日の対応と結果を品川宿の商人の面々が見ておりましてな」

「それがしが五人組を制するとは言い切れんでな」

「ここは一番、神石嘉一郎様に踏ん張って頂きたいのですがな。品川宿の面々としては、なんとしても京の五人組坊主どもを叩きのめして、貴船社から追い払って頂き、前々からの商いに戻りたいと思っているのです。この際、切りよく十両を神石様に礼金として差し上げます」

なんと十右衛門は、こたび貴船社の五人組坊主から金子を取り立てるだけではなく、品川宿から手を引かせよと言っていた。

「なに、それがしの行いを品川の商人衆が見守っておるか」

「いかにもさよう」

と返事をした十右衛門が、

「嘉一郎様、もしそなた様が五人組を始末したとしたら、絵草紙や芝居になり、浮世絵も飛ぶように売れましょうな。それどころか、そなた様は生き神様と奉られますぞ。むろん神石様は品川宿のすべての遊女の間夫《まぶ》、大いにもてます」

と十右衛門がえらく大甘の言葉を弄した。

「主どの、間夫だの、もてるだのさようなことはご免蒙《こうむ》ろう。それより、貴船社の面々と早々に対面して、この地から立ち退いてもらいたいとの主どのの口上をご披露願おう」

嘉一郎はこたびの貴船社訪いの主役は備前屋十右衛門だと言い返した。

「ううーん、それが」

と十右衛門が言葉を止めて、しばし沈思した。

「神石様、あの面々は私の言葉など一顧だにしますまい。この一件、神石嘉一郎様の三神流《さんじん》の剣術が唯一の頼りです」

「いや、それがしの本日の役目は八十七両二分の金子を返済してもらうことに限らせてもらおう」

嘉一郎はあくまで十右衛門の付き添いにすぎぬと主張した。

「困りましたな」

と貴船社の前で両人が言い合うところに、いかにも僧兵らしい黒い衣を纏《まと》った五人組が姿を見せて、

「そのほうは江戸の刀剣商にして金貸しの備前屋十右衛門じゃな。わが社の門前であれこれと言い合うておるがどのような魂胆か」

とひとりが長刀の柄を前後に振って鞘を外し飛ばすと、十右衛門の前にいきなり刃を突き出した。

「ひえっ」

と備前屋の当代が悲鳴を上げ、

「じ、神石様、なんとかしてくだされ。まさかいきなりかような目に遭うとは。わ、わたしは商人でしてな、かようなことには不慣れです」

と嘉一郎に助けを求めた。

僧兵どもはだれひとりとして嘉一郎を見ていなかった。五人とも嘉一郎を無視しようとしていた。

「主どの、よき機会ではありませんか。返済金の八十七両二分を催促しなされ」

「こ、この際、八十七両二分よりも命が惜しゅうございますよ」

「いいえ、商人にとって、金子は武士の刀同然のもの、諦めてはなりませんぞ。ほれ、備前屋の金子八十七両二分を催促しなされ」

「そ、それより、神石様、なんとかこの方にこの刃を引っ込めるよう願って下され」

「おお、備前屋、八十七両ぽっちの金子は金貸しの備前屋にとって、屁でもあるまいでのう。われら、この場は一旦引き下がってもよいわ」

と五人組の頭分格がにやり、と笑って、

「その前に頼みがひとつ」

「た、頼みとはなんでございますな」

「備前屋、うちがつい先日、備前屋に用立てた千両じゃがのう」

「なんの話ですな。まるっきり話が通じませぬ」

「数日前、そのほうのお店の地下の隠し船着場に千両箱を積んだ猪牙舟《ちょき》を向かわせ、金子を預けたな。あの折り、借用書を受け取らなんだわ。この場で千両の借用書を改めて認《したた》めてもらおうか。よいな、備前屋」

「わたし、そなた様方から千両などを用立ててもらった覚えはありませんぞ」

と十右衛門が最後の力を振り絞って繰り返した。

「いや、確かに用立てた」

と言った僧兵頭が、ぴたぴたと十右衛門の頬を長刀の刃で叩いた。

「ひ、ひえっ。神石様、助太刀稼業をお忘れではありませんか」

「おお、それがし、備前屋十右衛門どのに助太刀稼業でついて来たということをすっかり忘れておったわ。ならば僧兵どのにお願いしてみようか」

僧兵のひとりが、

「そのほう、話に聞く備前屋の用心棒か」

と嘉一郎に声を掛けた。

「いかにもさよう。主どのに命じられた助太刀稼業をうっかり失念しておりましてな、困ったもので」

と言いながら屋根船から勝手に借り受けていた六尺ほどの長さの竹棒を虚空にふわりと投げ上げた。

十右衛門の頰に長刀の刃を当てていた僧兵が思わず頭上の竹棒に視線をやった。

すすっ、と気配も感じさせず僧兵に歩み寄った嘉一郎の拳が僧兵の鳩尾《みぞおち》を突き上げた。

うっ、と呻《うめ》いた僧兵が長刀を手から離し、その場に崩れ落ちた。

嘉一郎が長刀の柄を摑むと、傍らにいたふたりの僧兵仲間の首筋を峰で次々に叩いた。寸毫《すんごう》の早業だった。

五人だった僧兵が一瞬裡にふたりに減っていた。

「おのれ、許さぬ」

残った二人が長刀の鞘を振り払って抜き身にした。

嘉一郎は長刀の扱いを見て、このふたりが僧兵頭と副頭領と察した。

そのとき、嘉一郎が虚空に投げ上げていた竹棒が横になって落ちてきた。嘉一郎は眼差しをふたりに向けたまま片手で竹棒を摑んだ。

「おのれ、竹棒で比叡山延暦寺の長刀を受けきれるや」

と両人が叫びつつ、間合いを詰めてきた。

嘉一郎は竹棒の端を片手に持つと、頭上でぐるぐると回し始めた。

僧兵ふたりは長刀の間合いを考慮して、一間半ほどに互いの体を離し、左手の僧兵頭は下段に、右手の副頭領は上段に構えた。

嘉一郎は竹棒を旋回させながら己も回転し始めた。

竹棒がビュンビュンと鳴った。

僧兵ふたりが同時に嘉一郎の回転する体と竹棒を無視するように踏み込んできた。

嘉一郎の手から飛んだ竹棒を、左手の僧兵の長刀が一瞬裡で鮮やかに両断した。

直後、嘉一郎の体は右手へと飛んでいた。

一気に間合いを詰めながら薩摩の刀鍛冶波平行安が鍛えた二尺四寸一分の豪剣が抜かれて、一瞬仲間の様子を見た右手のひとりの腰を割っていた。

ぎえっ

と絶叫した僧兵が横手に吹っ飛んで倒れ込んだ。

残るはひとりだ。

「おのれ、備前屋の用心棒が」

と僧兵頭が長刀を構え直した。さすがに比叡山延暦寺で修行した僧兵頭だ。これまでの四人とは違い、構えが大きく度胸が据わっていた。

「それがし、助太刀稼業と称しておりますが、平たく申せば用心棒にござる。御坊、そなたの名をお聞かせくだされ」

「名を名乗れと申すか。若造、まずはそのほうから名乗れ」

「おお、失礼を致した。それがし、西国豊後国佐伯藩城下で三神流なる在所剣法を修行し申した神石嘉一郎でござる。で、貴僧はどなたかな」

「小僧、比叡山延暦寺には、古《いにしえ》より闇堂《やみどう》と称される地下の窕《うつろ》があり、そこで行う厳しい修行は千年の間にわずか十一人しか満行した者はおらぬ。その達者のひとり、闇主御坊《やみぬしごぼう》こと黒雲涅槃坊《こくうんねはんぼう》とはわれのことなり」

と名乗った。

「闇主御坊どの、縁あってかように生死を賭けた立ち合いをなすことになりました。注文がなんぞござろうか」

「小童《こわつぱ》、そのほうの命、わが長刀の刃の錆《さび》にしてくれん」

「勝負は時の運」

と嘉一郎は言い放った。

四

闇主御坊こと黒雲涅槃坊は刃渡三尺七寸、樫《かし》の柄は四尺五寸の大長刀を虚空に突き上げるように構えた。背丈のある神石嘉一郎を反りの強い刃の切っ先が見下ろしていた。

嘉一郎は波平行安を静かに正眼に置いた。

両人の間合いは一間二尺余か。

大きな体付きと太い両腕に持たれた大長刀はまるで世の中を制圧するように嘉一郎を睥睨《へいげい》していた。

闇主御坊は嘉一郎を大長刀一本で圧倒したかのように胸を張った。

「参られよ」

と嘉一郎が平静な声音で戦いを宣告した。

「おのれ、小童、涅槃坊の大長刀を受けてみよ」

と喚《わめ》いた闇主御坊の上段構えの大長刀が唸りを上げて、嘉一郎の脳天に落ちてきた。

待った。

恐怖に堪《た》えてその瞬間をぎりぎりまで待った。

大長刀の刃が嘉一郎の脳天に叩き付けられた、かに見えた。

その直前、闇主御坊の顔には嘉一郎の死を確信した笑みが浮かんだ。

両断した、とばかりに刃が嘉一郎の不動の姿勢の脳天を斬り下げた。だが、なぜか闇主御坊の手になんら反応が伝わってこなかった。

「ううーむ」

と訝し気に手にした大長刀を確かめ、さらに相手を見た。

神石嘉一郎は微動だにしていなかった。にも拘わらず長刀の刃は嘉一郎の体のどこにも触れた気配がなかった。

（おかしい）

と闇主御坊は正面に立つ嘉一郎を見た。

なんと若い対戦者の顔に笑みが浮かんでいた。

「小童、手妻を使いおるか。この闇主御坊には手妻を繰り返しても通じぬ」

と喚いた。

「お試しなさるか」

「おお、わが刃に見世物芸で返すとは何事か」

と叫びつつ、虚空を斬り下げた大長刀で即座に相手の太ももから腰へと伸びやかに斬り上げた。だが、なんとこたびも空を斬らされていた。

「な、なんだ」

と大長刀を止めて対戦者を睨んだ。

「御坊、わが在所剣法で、『躱《かわ》し』と称する防ぎ技です。そなたから見ればそれがしの体、一分とて動いておりますまい。だが、『躱し』は一見不動に見えて、風のように戦《そよ》いで刃を避けておるのです。ただの一撃ではそれがしの『躱し』を破ることはできませぬ」

「ならば闇主御坊の大長刀乱舞を受けてみよ」

と叫んだ相手が大きな体を地面に向かって縮めると次の瞬間、飛翔し、大長刀を虚空にさらに高く放り投げた。

嘉一郎は見ていた。

闇主御坊がなにを為すか、凝視していた。

虚空に向かって投げられた大長刀の石突にはなんと釣糸の如き極細の紐が結ば

れていた。高だかと大空に向かって垂直に上昇する長刀の紐を闇主御坊の手が引くと、大きくも鋭い動きで反転して、地上に佇む嘉一郎の体に向かって一気に襲いかかった。

大長刀乱舞と躱しが絡み合った、かに見えた。

その一瞬、闇主御坊は見た。

相手の体が、そより、と戦いで大長刀の刃が躱されたのを。

「おのれ、さような陳腐な騙しはもはや通ぜぬ」

と叫んだ闇主御坊が地上に落ちてきた大長刀を引き寄せ、構え直した。そして、しっかりと両足元を踏み固めると大長刀を右の肩口に八双にとった。

嘉一郎はその構えを確かめ、波平行安の切っ先が地表に着くか着かぬか、己の左腰に下げた。さらに己の体もまるで蟹のように低めた。

大長刀の八双と波平行安の下段の対決。

次にどちらかが動いたとき、勝敗が決することを考えながら両者は見合った。

長い対峙だった。

ゆるゆると時が流れていく。不意に、

「神石嘉一郎とやら、死の刻《とき》よ」

と闇主御坊が沈んだ声音で告げた。

嘉一郎はなにも答えなかった。

先《せん》の先《せん》。

後《ご》の後《ご》。

八双に構えられた大長刀が素早く嘉一郎に向かって振り下ろされた。

嘉一郎は大長刀の振り下ろしを見ながら、身を捨てて闇主御坊の足元に転がった。

まさか武芸者が地べたに転がるなどと考えなかったか。闇主御坊は一瞬大長刀の動きを変えようとしたが渾身の力を込めた得物は直ぐには変えられなかった。

その迷いの暇に嘉一郎の体はごろごろと転がり、右手一本に保持した行安の刃が闇主御坊の足を襲った。

それを予感したか、闇主御坊はふたたび虚空に飛んで嘉一郎の波平行安を避けようとした。だが、大きな飛躍から地上に着地したばかりの闇主御坊は、二尺四寸一分の豪剣の切っ先を避けきれなかった。

大長刀の振り下ろしの真下、いまだ地面に転がったままの嘉一郎の片手斬りが闇主御坊の足首の腱を斬り、

ううう

と呻き声を闇主御坊が上げた。

その直後に大長刀の反りの強い刃が地表を叩いて火花を散らした。勢いのままに嘉一郎の体の上を闇主御坊が飛んで、地面を転がる対決者と同じく傍らに転がった。

嘉一郎は闇主御坊が直前まで立っていた場へと転がり、間合いを見定めると素早く飛び起きた。

一方、足首を斬られた相手もまたよろめき立った。

両人の勢いに差があった。

足首の傷のせいだ。

「闇主御坊どの、勝敗は決してござる」

嘉一郎は波平行安の構えを崩して、利き手ではない左手に下げた。

言葉どおり戦いが決したことを動作でも示したのだ。

相手の返答には間があった。

首をゆっくりと振り、大長刀に縋《すが》り立つ闇主御坊が、

「勝負はどちらかの死の瞬間に定まる」

と言い添えた。

その言葉を聞いた嘉一郎は、

「これ以上の行いは無益の一語」

と応じた。

「決着はついておらぬ」

「それがしの勝ちにござる」

嘉一郎が大きく首肯した。

しばし沈黙を守った闇主御坊の口から高らかな笑い声が起こった。敗北者の反応とは思えない、余裕の笑いだった。

「御坊、あれこれと思案なさっているようだが、無益でござる」

嘉一郎は落ち着いた声音で応じた。

「若造、そのほう、未だ世間を知らず、比叡山延暦寺の闇堂で千年伝わる修行を為した者の極みの打ち込みを知るまい。すでに繰り返したそのほうの得意の『躱し』ではもはや対応できぬ」

と言い放った闇主御坊が傷を負った足首で地表を蹴り、引力の法に逆らって飛翔していった。さらに傷を負った足首が体から離れ血を撒き散らしながら、高々と飛んだ。

虚空を飛ぶ足首を見ることなく闇主御坊の失った片足の先を嘉一郎は凝視していた。するすると新たな足首が生じてきた。

「あれこれと芸をお持ちかな」

「神石嘉一郎とやら、この秘技を見た者は死すのみ」

その声音を聞いた嘉一郎は左手に下げていた波平行安の鐺《こじり》を摑んで、
ぽーん
と抜き身を虚空に放った。

鞘だけが嘉一郎の手に残った。

闇主御坊の放った足首を追って薩摩の刀鍛冶波平行安が鍛えた刀が虚空を飛翔すると切り離された足首に絡み合った。

その瞬間、これまで嘉一郎が聞いたこともない絶叫が響き渡った。

行安が虚空の足首を二つにした直後、大長刀に縋っていた闇主御坊の足先から真っ赤な血しぶきが噴き上がった。

「嗚呼――」

と悲鳴を上げつつも、闇主御坊は最後の力を振り絞って大長刀を嘉一郎に向かって投げた。

大長刀が緩やかに飛んで嘉一郎の無防備な体に絡みつこうとした。

嘉一郎の愛刀、波平行安は未だ虚空にあった。

大長刀がわずかな空間をぐるりぐるりと回転しながら嘉一郎の首筋へと迫ってきた。

嘉一郎は、手にした鞘に頼るしかなかった。

闇主御坊と嘉一郎の間合いは数間しかない。すでに大長刀は嘉一郎の動きを牽《けん》制《せい》するように襲来してきた。

ゆるゆると円を描いて飛翔する大長刀が戦いの場を支配していた。

嘉一郎は大長刀の反りの強い刃が悠然と飛んで首筋に迫るのを見詰めるしかなかった。

(それがしに使えるのは鞘のみか)

と己に問い掛けたとき、どこからともなく、

「身を捨てなされ」

と女の声が脳裡に響き、

「躱し」

と言葉を告げた。

（そうじゃ、それがしには躱しがある）

大長刀は嘉一郎に迫った。

（動け、動くのよ。即刻躱しを為しなされ）

寸毫、いや、数万年もの時を超えて飛来する大長刀を見詰めつつ、嘉一郎は躱しという唯一の防御技に集中した。

生と死を分かつその瞬間を待った。待つしか嘉一郎に為す術はなかった。

「躱し」

との言葉が耳に幾たびも繰り返し響いた。

（さよう、それがしには生地の豊後佐伯の地で会得した躱しがある）

と思った。

その一瞬は一度きりだ。嘉一郎は承知していた。その寸毫の時を違えれば、死しかない。

大長刀のうなりが嘉一郎の耳に届いた。

もはや生死の境はそこだ。

両眼を見開いて大長刀の切っ先を見詰めた。

刃が喉元に触れたか触れぬか、嘉一郎は心身を集中してその瞬間、五体を動かした。

切っ先をゆるりと躱した。いや、躱しきれなかった。

嘉一郎の得意の躱しは失敗か。

大長刀の円弧が嘉一郎の首に巻き付くように傷をつけていくのが分かった。切っ先が首筋の皮膚を薄く切って、血が滲んだ。

それでも、

（生きておる）

と思った。

（ならば反撃の機会は残されておる）

と嘉一郎は気持ちを切り替えた。

大長刀は、再び生気を漲《みなぎ》らせた闇主御坊の手に戻っていた。

「闇主御坊どの、大長刀の攻め、存分に感じ申した。とは申せ、それがしかように生きており申す」

「存分に感得したわけではないわ。次なる一手、そのほうの生死が決まる」

「いえ、次なる攻めはそれがしの番」

「そのほう、手に鞘はあるが薩摩の刀鍛冶波平行安が鍛えた自慢の一剣はどうしたな」

嘉一郎は右手を虚空に突き上げた。その手にすっぽりと行安の柄が収まった。

「なに、未だ虚空にあったか」

「いかにもさよう。闇主御坊の始末刀にござる」

「猪口才《ちょこざい》な、わしの大長刀に抗える道具はこの世になし」

「試されるか」

嘉一郎は右手一本に摑んでいた行安を悠然と片手正眼に構え直した。

「在所剣法がどれほどのものか見てみようか」

「有難き幸せかな。とは申せ、闇主御坊どの、そなたにとって最後の立ち合いかな。この勝負が終わった節は、比叡山延暦寺に戻られ、僧侶の務めに励みなされ」

「なにゆえ延暦寺に戻らねばならぬな。わしにとって大長刀修行は僧侶の務めと同じこと、どの地にあっても修行は叶う」

「闇主御坊、これまで負けはござるかな」

「愚かなことを聞くでない。こうして黒雲涅槃坊がこの世に生きてある以上、負けなどないのだ」

「死のみがそなたに武術修行を放棄させると申されるか」

「いかにもさよう。じゃがそのほうが死ぬのが先でな。わしが涅槃にそのほうを送り届けようぞ」

と大長刀を、こたびは刃を上に峰を担ぐように闇主御坊が構え直した。

嘉一郎は片手正眼から左手を波平行安に添え、両手で保持した。

間合いは一間を切っていた。

嘉一郎の波平行安が闇主御坊こと黒雲涅槃坊の五体に届くには、大長刀の攻めを避けて一歩踏み込まねばならない。

一方、闇主御坊の大長刀は、その場にいて嘉一郎の脳天に十分に届く。

張り詰めた時だけが淡々と流れていく。

両人は睨み合ったままだ。

もはや言葉は不要だった。

どちらかの刃が相手に届いた瞬間、事は決する。

沈黙だけが支配していた。

どれほどの時が経過したか。

闇主御坊が左肩に担いでいた大長刀がゆっくりと立てられた。

嘉一郎はただ闇主御坊の表情を見ていた。

左肩に立てられた大長刀がぴたりと動きを止めた。

にたりと闇主御坊が嗤《わら》い、大長刀が嘉一郎の脳天に吸い込まれるように振り下ろされた。

嘉一郎は動かず、不動を保った。

大長刀が嘉一郎の脳天を叩き斬る直前、嘉一郎は、そより、と動いた。

攻めか、躱しか。

その瞬間、闇主御坊の視界から対戦者の姿が消えていた。

驚きの声が洩れ、大長刀の刃が地面を叩いて火花が散り、ぽきりとふたつに折れていた。

次の瞬間、闇主御坊の脳天に痛みが奔り、意識が途絶えた。

(闇主御坊は死んだか)

神石嘉一郎は、闇主御坊の微動だにせぬ五体を見下ろした。

備前屋の主十右衛門も呆然として勝負を振り返った。

「じ、神石様、闇主御坊こと黒雲涅槃坊は身罷《みまか》りましたか」

「さあて、どうでしょうかな。涅槃坊の本性が生き死にを決めましょう」

「涅槃坊の本性が生き死にを」

と繰り返した備前屋十右衛門の口から言葉の先は吐かれなかった。ただ沈思して嘉一郎の言葉の本意を考えた。

嘉一郎の脳裡に、お銀なる女はいつ姿を見せおるかという問いが不意に浮かんだ。

第二章　異人の女剣客

一

神石嘉一郎と備前屋の当代十右衛門二人の乗った屋根舟は、ゆらりゆらりと目黒川を江戸の内海へと下っていた。

十右衛門の懐には八十七両二分の金子が納められていた。

嘉一郎は十右衛門が沈思する顔を見ていた。すると不意に十右衛門が、

「神石様、なんぞお考えですかな」

と反対に問うた。

「なんとなく闇主御坊どのの黒雲涅槃坊なる名を考えておりました」

「そのことですか。どちらもおどろおどろしい呼び名ですな。私めが初めて知り

合った折りのあのお方の姓名は、戒名も捨て杉村吉兵衛《すぎむらきちべえ》なる平々凡々たるものでした」

「ほう、杉村吉兵衛、様ですか」

代々刀剣商にして金貸しの備前屋の当代は、かの者の俗名を承知していた。

「品川宿はうちの縄張りというてもようございましょう。この品川宿の差配方は私めの異母弟でしてな、五十年も前の安永年間より貴船社とは密やかなつながりがございます。新参者の杉村吉兵衛が貴船社に手を伸ばしたのがおよそ十年前ですか。うちでは金貸し業を品川宿で始めたいという杉村吉兵衛の動きをただ眺めておりました。それが近ごろでは闇主御坊とか黒雲涅槃坊という名に替えて、強引な金貸しを為し、取り立て業にも手を出して、『うちの蔵には千両箱がゴロゴロ転がっている』など、新たな客を騙しております。品川宿で女遊びをするために数両の金子が急ぎ要る連中は重宝していますな。されどこたびの騒ぎで品川宿を仕切っている町奉行所の役人衆が動きます」

と十右衛門が言い切った。

品川宿を仕切る陰の差配は備前屋十右衛門の一族かと、嘉一郎は驚きを隠し切れなかった。

知れば知るほど刀剣商にして金貸しの備前屋の所帯は途方もなく大きいことが分かった。この借財八十七両二分など、十右衛門にとって端金《はしたがね》に過ぎぬとすると、それでも十右衛門自らが出張ったのは、なんぞ隠された意図があるのか。

「やはり杉村吉兵衛には別の貌《かお》がありますかな」

ふっふっふふ

と笑った十右衛門が、

「なぜそう思われますかな」

「いえ、備前屋の当代のそなた様がこの程度の金子で動かれたことに異を感じました。背後になんぞ隠された曰くがなくてはなりますまい」

「ほう、私の行動に異を感じられましたか。いやはや」

と十右衛門が首を横に振った。そして、

「黒雲涅槃坊ごとき異名を名乗る者に大した御仁はおりますまい」

と言い切り、

「神石様は涅槃なる言葉の意を承知ですかな」

と問うてきた。

「いえ、それがし、精々読み書きができる程度の素養しかありません、涅槃の字すら浮かびません。十右衛門どの、ご教授くだされ」

と正直に願った。

「人間はだれしも心身を悩ましたり、煩わせたり、乱したりする煩悩に苛《さいな》まれます。

な。煩悩の根源は、貪《とん》・瞋《じん》・痴《ち》、つまり欲・怒り・愚かさの三つだそうです。

人を悩ませる煩悩、これら三つの悩みが消えて心の安らぎを得た状態を『悟り』

の境地と申しますそうな。お分かりですか、神石様」

「恥ずかしながら全く存じません」

と嘉一郎が顔を引きつらせて応じると、十右衛門が、

「仏の教えの極みは、この『悟り』の境地です」

嘉一郎はいよいよ十右衛門の繰り返す言葉が理解できなかった。

「つまり『悟り』の境地とは、人がだれしも避け得ない死でございますよ」

と言い切った。

うう一ん、と呻った嘉一郎は、

「分かったような、分からないような。『悟り』の境地は死でございますか」

との返答に十右衛門の顔に微笑が浮かんだ。

「神石様は未だお若いということです。当然、そなた様の年齢なれば、死など滅

多に考えられますまい」

「は、はい」

と曖昧に答えた嘉一郎に、

「とはいえ神石様は真剣勝負を経験された剣術家ですな。さような折り、己の死を感じたことはございませんか」

「おお、それなればあります。だが、戦うことに没頭して勝負を終えたあと、ついつい忘れております」

「いつの日か、己の死に直面し、『悟り』の境地に必ずや到りましょう。その機会を得て尚且つ生き残られた剣術家神石嘉一郎様は真の剣人の域に達したということです」

十右衛門の言葉を聞きながら嘉一郎はただ、

「う、うーん」

と幾たびも繰り返し呻っていた。

なにも考えが、言葉が出てこなかった。その末に、

「十右衛門どの、それがし、未だ修行が足りぬということだな」

と問うた。

その言葉と表情に、十右衛門が小さく頷いた。

「神石嘉一郎様は剣術家として器が大きい。大きいゆえに『悟り』を開くにも未《ま》だ未《ま》だ歳月がかかるやもしれぬ。いえ、反対に明日にもその時を、『悟り』を、死を迎えるやもしれぬ。また三十年後もこの世に居られて『悟り』とはなんたるか、思案しておられるかもしれませんな」

との言葉にしばし沈思した嘉一郎は、

「それがしは、『悟り』うんぬんを忘れてひたすら修行の日々を過ごすのみかな」

「はい」

と言い切った十右衛門が、

「私め、一介の商人です。畑違いの剣術家神石様の『悟り』をうんぬんするなど烏滸《おこ》がましい。神石様ゆえ胸中の想いを正直に口にしました。真にその瞬間を察せられるのは天下広しといえどもご当人の神石様一人《いちにん》のみ」

と言い添えた。

屋根舟は目黒川の流れに乗って品川湊に接近していた。

江戸の内海に出ると舟が揺れ始めた。

「神石様、みわを承知ですな」

と不意に十右衛門が話柄を変えて質した。

「備前屋の本店の娘御でしたな。京の本店に押込み強盗が入った折り、身内や奉公人は殺されたとか。されど、みわさんおひとり、蔵の隅に潜んで運よくも生き残られた、と大番頭どのよりそのように聞かされております」

「身内をすべて失ったがみわひとり生き残った、運がよいと申してよいのでしょうかな」

と自問した十右衛門に、

「さような悲劇に見舞われて独りだけ生き残り、江戸に来ざるを得なくなったみわさんですが、あのような麗しい娘御がこうして生きておられるだけでも、周りの人間は明るい気持ちになりませんか」

と嘉一郎が応じた。

「されど、あのとおりみわは言葉を失いました」

と答えた十右衛門の脳裡に、いつの日か、みわが言葉を取り戻すのではないかという思い付きが浮かんだ。それもこの神石嘉一郎なる人物に関わってのことだとなぜか考えた。

（さようなことがあろうか）

と己の夢想に疑いを抱きつつも十右衛門は、

「神石様、みわのこと、見守って下され」

と願っていた。

「京でみわさんの身内を襲った連中が江戸に現れて悪さを為すとお考えですか」

「さようなことはあるまいとは思いますが」

と十右衛門は言葉を途中で飲み込んだ。なんぞ懸念がありそうな十右衛門の顔付きだった。長い沈黙のあと、

「十右衛門どの、それがしでよければ、なんなりと申しつけ下され」

と嘉一郎は応じていた。

「はい、その折りはなんとしても神石様のお力をお借りしとうございます。この一件、神石様の他に頼れる御仁はおりません」

備前屋の主は言い切った。

嘉一郎はくわしい経緯が分からぬまま頷いていた。

鉄砲洲から佃島に向かう渡し船が十右衛門らの乗る屋根舟とすれ違った。渡し船には江戸で暮らす人々が大勢乗っていた。

「それがし、江戸に出てきて、海と接しなければ暮らしの立たぬ江戸が好きにな

りました。わが在所の豊後にも、しばし滞在した京にもかように海と親しく馴染む暮らしはありませんでした。江戸の海はなんとも穏やかですね」

と嘉一郎は言い、渡し船を見た。すると老若男女の乗合客が嘉一郎らの舟に手を振り、嘉一郎も振り返した。

「この界隈は海とは言っても内海の一番奥ですから外海とは違います」

と十右衛門が渡し船を見送りながら呟《つぶや》いた。

穏やかな海だった。

八丁堀を遡って中之橋、比丘尼《びくに》橋を潜ると町屋と譜代大名諸家を分かつ堀に出た。右に折れれば鍛冶橋を抜けて備前屋が店を構える南鍛冶町一丁目の船着場に着く。

「神石様、みわに会っていってください」

と十右衛門が願い、嘉一郎は河岸に上がった。

そのとき、備前屋の店から喚き声が聞こえた。

「そのほうら、備前岡山藩松平家の御用人笹栗主税正《ささぐりもんどのしょう》のそれがしに水をかけたるは、なんぞ曰くあってのことか」

その声を聞いた十右衛門が立ち止まり、

「強請《ゆすり》たかりの類でしょうかな」

と嘉一郎に囁《ささや》いた。

「うちは備前岡山藩松平家とはお付き合いがございません」

と備前屋の主が言い、

「近ごろはどちらの大名方も内所は厳しゅうございます。ああいうお方が金子をねだりに参ります」

と苦々しい顔で吐き捨てた。

店の前には三人の武士がいた。

「娘とは申せ、武士に向かって水をかけるとはどういうことか。この店ではさような躾《しつけ》を為しておるのか」

とさらに怒鳴り、

「お武家様、番頭の私、帳場から表を見ておりました。うちのみわが乾いた地面に埃《ほこり》がたたぬように水を撒いたのは確かです。ですが、お武家様方が通り過ぎるのを待って水を撒きました。そなた様方のお召し物にかかるわけもなし」

と大番頭の國蔵が抗弁した。

「ほう、備前屋では娘が水などかけてはおらぬと言い張るか。かように袴の裾が濡れておるではないか。どういうことか」

と喚く武士に、

「大番頭様、私、見ておりました。みわ様が水をかけたのではありません。お武家様のお連れの方が竹筒に入れた水をかけて袴の裾を濡らされました。竹筒は袖に隠しました」

と小僧らしい幼い声が告げた。

「富吉《とみきち》、私が応対している折りに、差し出がましい口を利いてはなりませぬ。なによりお武家様方が虚言を弄されるなど、さような真似はなさりますまい」

國蔵が静かな口調で諭し、三人組に視線をやった。むろん武家方にあてた皮肉だ。

「ほう、この店の小僧はわれらが強請たかりを目論んでいるとでも言うつもりか。小僧の虚言は上役の責めである。もはや、許せぬ。みわなる娘と小僧のふたり、わが屋敷に連れて参る。備前屋の主に迎えに来させよ」

と怒鳴った。

「お武家様、当家のみわは口が利けませぬ。どうかお許しくだされ」

國蔵が願って軽く頭を下げた。

「口が利けぬというか。耳は聞こえておろう、ならば事情は察しておるな。主を呼べ」

と一段と大きな声で怒鳴ったとき、十右衛門が、

「ただ今戻りました。どうしましたな、この騒ぎ」

と敷居を跨《また》ごうとした。

そこへ、相手方の三人組の武士のひとりがみわの手首を引き、強引に店の外に連れ出そうとした。

それを見た嘉一郎が十右衛門を背に回して、

「この場はそれがしにお任せくだされ」

と密やかに願った。

その声の主が嘉一郎と気付いたみわが安堵の顔を見せた。

「何者か」

「ご一統、娘御の、みわさんの手をお離しなされ」

嘉一郎が相手の顔を正視しながら静かに命じると、

「浪人者が仔細も分からず差し出口を為すでない」

と喚くように言い放った。

「いえ、最前からの問答を表にて聞いておりました。もう日も暮れます。みわさんの手を離されて仲間ふたりといっしょに立ち去りなされ。さすれば備前屋どのもそなた方の所業に目を瞑《つぶ》られましょう」

「おのれ、そのほう、備前屋の用心棒か」

「備前屋では用心棒など不逞《ふてい》な人士はお雇いではありますまい」

「ならばそのほう、備前屋と関わりなしか」

「いえ、助太刀稼業なる務めをときに備前屋から頼まれて請け負います。本日はその商いにて主どのに同行致し、御用を務めましたで備前屋との関わりはなきにしも非《あら》ず」

と応じた。すると、

「さような輩を用心棒と呼ぶのだ」

と喚いた相手からみわに眼差しを向け直した嘉一郎がその場で身を屈め、

「みわさん、怖い目に遭いましたね。ご安心くだされ、それがしがこの方々にお引き取り下さいとお願い致しますでな」

嘉一郎の顔を間近で見たみわが、こくりと頷いた。

「おのれ、われらの許しもなく娘に話しかけるでない」

みわの手首を摑んだ武家方が嘉一郎を、草履を履いた足裏で蹴ろうとした。

だが、嘉一郎の動きのほうが素早かった。蹴ろうとした足の脛《むこうずね》を片手で軽くつくと同時に、思わず手を離して尻もちをついた相手からみわの身を取り戻し、背後に控えていた十右衛門に託すと、

「お願いします」

と乞うた。

ふたりの仲間が刀の柄に手をかけて抜きかけていた。

「もはやそなた方の企ては失敗しました」

「素浪人ひとり、なにごとかあらん」

武家方のひとりがいきなり刀を抜くと、横手から斬り掛かった。

嘉一郎はその相手を三神流の躱しでいなしながら踏み込むと、肩口を突き飛ばしていた。手加減して軽く突いたつもりだが、刀を手にした相手は数間先に背中からどさりと音を立てて倒れ込んでいた。

残るはひとりだ。

「どうなされますな」

嘉一郎がゆったりとした平静な口調で問うた。

と洩らした相手は嘉一郎が未だ素手であることを認めた。

「そのほう、刀を抜け」

と命じながら、抜き身を突きに構え直した。

「それがしに刀を抜けと命じられますか。出来ることなれば町中で刀を抜くことは遠慮しとうございます」

「いや、抜け。素手の相手を斬るなど、東軍一刀流免許皆伝熊鞍兵庫丞《くまくらひょうごのじょう》にはできんわ」

と大声で喚き、騒ぎに足を止めた見物の面々に己の力を誇示した。

「いえ、ご遠慮申し上げます。素手にて相対しとうございます」

「そのほう、江戸市中で刀を抜くのを恐れる曰くがあるか」

「なにもございません」

「ならばなんだ」

「そなた様相手には素手で十分と見ました」

その言葉を聞いた熊鞍が、

「おのれ、それがしを侮るか」

「お、おのれ」

と吐き捨てると同時に、突きに構えた刀とともに飛び込んできた。

すっ、と得意の躱しでふたたび避けた嘉一郎は、踏み込んできた相手の五体を腰に乗せて投げ飛ばしていた。腰車が鮮やかに決まった。

「アアー」

と思わず喚いた熊鞍は刀を手にしたまま背から地面にどさりと叩き付けられ、ううーん、と呻いて気を失った。

「おお、鮮やかだね、若侍の投げ技よ」

「東軍一刀流のなんとか某は形無しだな」

と足を止めた野次馬が言い合った。

嘉一郎は呆然と佇む娘に、

「お怪我はありませんか、みわさん」

と静かに質した。

咄嗟《とっさ》になにか言い掛けたみわが声を発せられないことに気付いたように、こくり、と頷き、硬い表情ながら笑みを浮かべた。

うむ、と頷きを返した嘉一郎はみわの態度がいつものみわとは違うように思えた。だが、それがなにか推量も付かなかった。

二

　嘉一郎は騒ぎの流れで備前屋の奥へ通されていた。十右衛門に願われてのことだ。

「神石様、助かりましたよ」

　奥座敷に落ち着いた十右衛門が安堵の表情を浮かべた顔で礼を述べた。

「いえ、大したことではありません。ともかくみわさんに怪我がなくてようございました」

　と嘉一郎は答え、

「備前屋にはかようなことがしばしば降り掛かりますか」

　と問うていた。話の接ぎ穂としてだ。

「ご時世でしょうかな。金銭を得んと無法を起こす者が時にうちにもやってきます。本日は神石様がおられて助かりました。最前の仕事の礼金とは別になにがしかの金子を上乗せさせて頂きます」

「主どの、最前のことはご放念下され。わが在所ではかような騒ぎは祭礼の折りにしばしば起こります。そのときは近くにいる年寄りなどが穏やかに口先で取り鎮めるのが習わしです」

「うちの本業は刀剣商ですが金貸しも兼ねておりますでな、よそ様より騒ぎが振りかかることが多いかもしれません。なんとも世知辛い世の中になりました」

と十右衛門が苦々しい顔を嘉一郎に向け、

「ともかく神石様がおられて助かりました」

と繰り返すところに備前屋の内儀とみわが茶菓を運んできた。

「神石様、みわをお助け頂き、真《まこと》に有り難うございました」

内儀も重ねて礼を述べ、女ふたりが深々と頭を下げた。

「神石様には茶より酒がよかったのではないか」

と十右衛門が内儀に問うていた。その問いは内儀より嘉一郎に向けてのものだ。

「いえ、主どの、不調法者ゆえ、茶を頂戴します。こちらの茶は格別に美味《おい》しゅうございます、楽しみです」

と言いながら茶碗を手にして、香りをかいでにっこりとした。

「本日はいつもの駿河産ではございませんな」

と言った嘉一郎はゆっくりと喫した。

「お若いのに茶がお分かりになる」

「いえ、なんとのうさように感じただけでございます」

そんな嘉一郎をみわと見ていた内儀が、

「西国の豊後佐伯では茶葉は産しませんか」

と話に加わった。

「むろん産します。されど領内で採れる茶は、わが家がふだんに喫する程度の茶葉でして、藩の上役方は領外からもたらされた茶を喫しておられます。かように上等の茶を嗜むお方は、下士のわれらは当然のこと、上士方もそう多くはおられません」

と嘉一郎が正直に答え、茶碗の茶をゆっくりと楽しんだ。

「おまえ様、神石様はお若いのに茶が分かっておられます。かように美味しそうに嗜まれるお方は江戸にもそうはおられません。ご両親がちゃんとした作法を教えられたのでしょう」

内儀が笑みの顔で言った。

「江戸広しといえども、神石嘉一郎様のように物事の道理が分かっておられる若いお武家様はそうはおられますまい。うちはよいお方と知り合いました」

と十右衛門がいうところに大番頭の國蔵が姿を見せた。

「旦那様、お内儀様、いかにも良きお方と知り合われました。うちの仕事を向後とも助けてもらってようございますな」

と言った。それを聞いた嘉一郎は、

「いえ、主どの、大番頭どの、それがしは未だ武士として未熟者です。もっと剣術の修行を積んで心身を鍛えねばなりません」

と顔を伏せた。その時、みわが嘉一郎にそっと近づいて、なにか言いたげな顔をした。

國蔵はそんな二人を見ながら、

「神石さまが良き方と申し上げましたのは、剣の腕が優れているからだけではありませんよ。もし神石さまがお武家さまでなくとも、わたしどもはきっと向後のおつきあいを願うと思います」

と微笑んだ。

淡々とした日々を嘉一郎は過ごしていた。

早朝八つ半（午前三時）時分に長屋で起きると、小網町の味噌蔵道場に出向いて稽古をした。

道場主の白井亨は、このところ嘉一郎が門弟のだれとも打合い稽古を為さず、道場の隅で波平行安を使い、抜き打ちを繰り返していることを気にかけていた。だが、嘉一郎の一見淡々と見えて、その実厳しい稽古ぶりに朋輩のだれひとりとして声をかけられないでいた。

その朝、白井が道場の隅でいつものように抜き打ちを繰り返す嘉一郎をふと見たとき、互いの視線が交わった。その瞬間、道場主はこくりと頷いて嘉一郎に歩み寄り、

「神石嘉一郎どの、稽古をしませぬか」

と手にしていた木刀を掲げてみせた。白井は師範方だけではなく門弟各位に丁寧な言動で接していた。

一瞬、嘉一郎の表情に迷いが奔ったがすぐに、

「師匠、ご指導お願い申します」

と応じていた。

真剣を木刀に替えた嘉一郎と白井亨両人の打合い稽古に久方ぶりに味噌蔵道場を緊張が支配した。百数十人の門弟が自らの稽古の手を止めて、食い入るように

両人の一挙手一投足を見詰めた。

どちらかが思わず気を抜くようなことがあれば、相手の打ち込みに大怪我を負うことを門弟衆のだれもが承知していた。

四半刻、半刻（一時間）、一刻と厳しい打合いが繰り返されていく。白井亨の顔が真っ赤になり、汗が額から瞼《まぶた》へと落ちてきた。だが、拭う暇はなかった。一方嘉一郎も一瞬とて手を抜く余裕などあるはずもない。

互いが相手の攻めに合わせて渾身の力で木刀を揮《ふる》っていた。

見所から見物する味噌蔵道場の老門弟衆も息を止めて両人の打合いを見ていた。

この日、偶《たま》さか味噌蔵道場の高弟中の高弟の村越一角《むらこしいっかく》が訪れていた。村越は道場を構える師範であり、

「村越の前に村越なく村越の後に村越なし」

と白井道場内でも評される人物であった。そんな村越にしても隣に座した古い仲間に声を掛けることすら叶わなかった。ただ、息を詰めて両人の打合いを見ていた。だが、村越は異常な緊張を察したか、不意に動いた。

村越は腰に差していた白扇を抜いて広げ、両人の打合いの間へ、すっ、と飛ばした。

その気配を悟った白井亨と嘉一郎が同時に動きを止め、しばし見合った。

見所から白扇を投げ入れたのが誰であるかを察した嘉一郎が、

「村越様、ご配慮有り難うございました」

と一礼した。そして対戦者の白井亨の前に正座して深々と頭を下げた。それを見た師匠の白井が、

「なんの真似かな」

と質した。

「師匠の懇切なご指導への感謝でございます」

「指導とな、嘉一郎どの」

「は、はい」

と返答した嘉一郎と白井亨は再びしばし見合った。

「村越どのが止めなければ、師匠のわしが床に倒れ込んでいたわ。そのほうの攻め、一段と厳しくなったな」

と素直な気持ちを口にした。

その言葉に頷いた嘉一郎が道場の片隅にふと視線をやった。村越らも嘉一郎の視線に促されて見た。

いつの間にか若い娘が手に刃渡一尺四、五寸の小太刀を携えて味噌蔵道場の隅にひっそりと立っていた。見知らぬ女子が平静な様子で険しい修行の場に立っている事に、道場主の白井はじめ門弟衆は驚き、無言で見詰めた。

「そなた、当道場になんぞ用かな」

と白井が質した。

「神石嘉一郎どのとの勝負をお願い致します」

白井も村越らも娘の言葉が本気かどうか確かめるように見た。

年齢は二十をひとつふたつ超えていると嘉一郎は見た。背丈は四尺を三、四寸超えたかどうか。小柄な体に鮮かな絹物をまとった愛らしい娘だった。六尺を超え、味噌蔵道場一の若武者と世間で評判の嘉一郎との尋常勝負を願うのはなかなか大胆と思えた。

「神石は当道場で三指に入る技量の持ち主ぞ」

「いささか評価が違います、白井様」

「どう違うな」

「間違いなく神石嘉一郎どのは道場主のそなた様を含めて味噌蔵道場全員の力と技を超えたお方と存じます」

「どこの剣道場でも力と技だけではその者の評価はせぬわ。修行経験、人柄、識見などもろもろを勘案して皆伝を授ける。ほれ、当道場の壁に名札がかかっておるように嘉一郎どのの前に、何人もの先輩衆がおられる」

女が、ふっふっふ、とどことなく白井の言葉に抗うような表情で嗤った。

門弟衆の間から憤激の声が洩れた。

「いえ、剣術家の評価は、ただ今の力と業前《わざまえ》だけです」

と女子は言い切った。

嘉一郎は女がいつ道場に入ってきたか気付かなかった。ともあれ白井と女の問答に加わることはしなかった。

白井亨が迷った表情で師範代を見た。白井より年上にして味噌蔵道場のすべてを承知の師範代の藤堂裕三郎が女武芸者を睨んで、

「女子と男子の違いをも越えてか」

「技量の差に男も女もありません」

と女武芸者が微笑んだ。

「そなたの名と流儀を教えてくれぬか。いや、女子だから聞いているというわけではないぞ。男女に拘わらず初対面の者にあれこれと質すのは当道場の習わしで

な」

「無用な問いですね」

「命を賭けた尋常勝負を前に互いが名乗り合うのは礼儀とは思わぬか。そなたも名無しのまま彼岸に旅立つのは寂しくはないか」

藤堂師範代が若い女武芸者に教え諭すように問うていた。

「寂しいとか哀しいとか、さような感情を武芸者が持つこと自体愚か、無駄でしかありません。それに」

と言い掛けた言葉を止めた女子に、

「それに、どうしたな」

「勝つのはこのわたしにございます」

とはっきりと言い切った。

「相手は神石嘉一郎ぞ」

という師範代の念押しに微笑んだ女子が、

「これ以上の問答は無益です。白井道場は女子との立ち合いを拒んだという評判が立っても宜しゅうございますね」

「それは一向にかまわぬ。そなたにそなたの考え方があるように当道場にもならわしがある。名も知れぬ女子衆と神石嘉一郎であれ他の門弟であれ立ち合わせるわけにはいかぬでな」

白井亨の言葉に頷いた相手がしばし間を置いて、

「わたしめ、江戸の生まれにて名は新免花月《しんめんかづき》」

と名乗った。

白井が嘉一郎を見た。

が、嘉一郎はなにも応じようとはしなかった。師匠の白井亨の命があれば、その折り、考えようと腹のなかで決めていた。

「師匠、いきなり初対面の女子衆と神石嘉一郎の立ち合いということはあるまい。だれぞ門弟を選んで力量を見てからではどうかな」

と村越が白井に提案した。

白井が新免花月を見て、偶さか白井道場へ出張稽古に来ていた大坂三宅《みやけ》道場の女門弟、長刀が得意な木幡花《こはたはな》に目を向けた。花は嘉一郎に敗れたのち、これまで以上の猛稽古を日々熟していた。また嘉一郎を師匠のように慕い、嘉一郎が行くどこへも従い、同じ空気を吸い、どのような時でも嘉一郎の稽古を見ていた。それがただ今の自分の修行と信じていた。

摂津大坂の三宅道場の高弟七人衆は神石嘉一郎との対決にて悉《ことごと》く敗北した。松木弥之助《まつきやのすけ》、菊谷歩《きくやあゆむ》、康太《こうた》の三人は、嘉一郎に完敗したあと、それぞれが武者修行に出ていた。対して清見聖聞《きよみせいぶん》、押金博士《おしがねひろし》泰全《たいぜん》、田野倉八蔵《たのくらはちぞう》と唯一の女武芸者木幡花の四人は三宅道場に残っていた。そして、今、木幡花は江戸に居るという嘉一郎を訪ねて、白井亨が主宰する味噌蔵道場の長屋に滞在し、きびしい稽古を己に課していた。

白井は嘉一郎を見て、新免花月より背丈で一尺五寸は高い木幡花を眼で差した。

嘉一郎は即座に白井亨の思案を察した。

嘉一郎を慕って稽古に来ていた同じ女剣術家の木幡花を味噌蔵道場の一番手にしてはどうかと嘉一郎に問うていた。

嘉一郎は今一つ新免花月の業前の察しがつかなかった。一方、木幡花の実力は承知していた。容易《たやす》く決着がつくとは思わなかったが、

「白井先生、それがしが両人の稽古に立ち会ってはなりませぬか」

「おお、嘉一郎どのなれば、女武芸者の業と力もそれなりに承知ですな。ぜひ判じ方をお願いしましょう」

との白井亨の言葉を得て、立ち会うことになった。

三

白井亭の味噌蔵道場にて催される初めての女武術家同士の立ち合いだった。

嘉一郎は改めて道場の中央に木幡花と新免花月を招いた。ふたりが対峙すると体格は並みの男女以上に違っていた。

「ご両人の立ち会いを任された神石嘉一郎です。それがしが判じるが宜しいかな」

と宣する嘉一郎より三、四寸低い木幡花が首肯し、

「お願い申します」

と子どもの背丈同然の花月は丁寧な返事を返した。

まるで小岩のような体格の花と愛らしくて小柄な花月の両人の対比に味噌蔵道場の門弟衆も、

「よう大人と子どもというが、この体付きを見たら初めから勝負になるまい」

とか、

「おぬし、世間にはあれこれと眼を引く女子がいて、不思議はないわ」

「とはいえ、愛らしい新免花月をよう見てみよ。あの小さな体で巌《いわお》の如き木幡花と戦うというのか。いくらなんでも戦う前から結果は分かっておるわ」

などと密やかに囁き合いながら大半が花月を気の毒げに見た。

木幡花は長い頭髪を頭の後ろで大きな髷《まげ》に結い、麻紐でそっけなく束ねていた。素顔に黒々と艶《あで》やかな眉毛は自分で剃っているのか、いささかばらばらだった。そして、幾たびも水を潜った木綿縞地の稽古着に筒袴を穿き、足袋の上に武者草鞋《わらじ》の紐をきちんと結んでいた。男武者同然の雰囲気といいたいが、やはり女特有の優しさが大きな体から漂っていた。

一方、花月は鮮やかな京友禅と思しき絹物であった。さすがに武芸者ゆえ袴をつけ、大小を左の帯にきちんと帯びて、さらに小刀が二本、背の帯に差し込まれていた。それら道具の鞘は艶やかな漆で朱色に塗られて女武芸者を引き立てていた。さらに花月は唇に紅をうすく塗り、長く伸ばした両手の爪先にもその紅と同じと思しき鮮やかな紅色が塗られていた。

嘉一郎が対照的な体付きと衣装の両人を見て、

「木幡花どの、得物は稽古用の刃びきした長刀じゃな」

と問うと花が頷き、緩やかな弧を描く長刀を静かに嘉一郎に見せた。柄は長年使い込んで花の汗が染みこんでいた。

思わず嘉一郎が、

「よう修行された様子が窺《うかが》えます、銘はござるか」

「山伏が代々使い熟してきた長刀、単に『三尺三寸三分』と刃の長さがこの道具の銘にございます」

「いやはや見事な道具でござるな」

との言葉に花が愛おし気に手にした道具を撫でた。

うんうん、と頷いた嘉一郎が対戦者へ眼差しを移した。

「私、大小二本の木刀にてお相手致します」

と花月が嘉一郎に申し出、了承した嘉一郎が、

「ご両人に改めて告げておく。この立ち合い、勝負ではない。互いの力量を奮ってなす修行の一環である。このこと、ご両人とくと得心なされよ」

嘉一郎の言葉にふたりが、

「承知しました」

「畏《かしこ》まって候」

と受けた。

女武芸者ふたりの対決に味噌蔵道場に静かな緊迫が奔った。

男の門弟衆は親しい仲間と顔を見合わせ、無言ながら、

(それがしは関わりたくないわ)

とか、

(厄介だな)

など目で言い合った。

判じ方を任された嘉一郎が道場主の白井亨に、

(宜しゅうござるな)

と無言で質すと、こちらも無言で頷いていた。

嘉一郎がふたりの女武芸者に改めて眼差しをやった。それに応えるように両人が得意の武具を構え合った。

「女同士、なかなかではないか」

とか、

「それがし、あのどちらとも稽古は遠慮したい」

などと正直な感想が漏れた。

大きな木幡花と小さな新免花月、名前は花と花月と女らしい花の一字が入って

いたが、なにしろ背丈で一尺五寸余も異なり、すべてが対照的だった。

判じ方を務める嘉一郎に劣らぬ体付きの木幡花が稽古用の大長刀を上段に構え、軽く上下左右に振って道場の気を圧すると、

「おおー」

という悲鳴にも似た驚きの声が味噌蔵道場の男たちからあがった。されど花にとってはいつも稽古の前に為す体のほぐし運動に過ぎなかった。

木幡花が雄大な構えと動きを見せ、小さな体の新免花月が大小二本の木刀で密やかに構える光景は、まるで大人の武芸者が初心の子どもに教える様子に思えた。

「始め」

との嘉一郎の声に先に仕掛けたのは新免花月だ。

機敏に大きな木幡花の懐に飛び込んで二刀流の木刀を揮った。なかなか鋭い攻めだったが、花は大長刀の柄を下から突き上げるように応じた。

木刀と長刀が触れ合い、険しい音を立てた。

この攻防がふたりの女武芸者の打合いの始まりだった。

味噌蔵道場の門弟衆は男同士の激しい稽古には慣れていたが、女ふたりの俊敏な動きにしばし声も出なかった。

最初の攻防が不意に終った。

木幡花が飛び下がって、長刀の間合いに戻したからだ。

あらためて見合った女武芸者ふたりを見た門弟のひとりが、

「これはこれは」

と言葉を漏らしかけ途中で黙り込んだ。

「どうした、猪狩《いがり》」

隣に控えていた朋輩の加藤伴吉が小声で問うた。

「どうしたもこうしたもあるか。おぬし、どちらかと立ち合えと師匠に命じられたら、長刀を選ぶか、二刀流をとるか」

「それがし、大女の長刀は好かん」

「武術の相手に好きも嫌いもあるか」

「わしは小女がいいが気性が激しそうだな」

「そなた、なにか勘違いしておらぬか」

「いや、十分理解しておるわ。つまり道場ではな、どちらとも立ち合いたくはない」

「どこなら立ち合える」

しばし間を置いた加藤が、意味ありげに、

「それは湯宿の寝床じゃな」

と言い放った。

話題が話題だ、ふたりの声がいつしか大きくなっていた。

「おお、それならばそれがしもお付き合い申そう」

と猪狩がにやりと笑った途端、鉄扇がふたりの肩口をぴしゃりぴしゃりと叩いた。

「あ、痛っ」

「これはいかん。内緒話を師範代に聞かれておったぞ」

「ご両人、女武者の相手を為すか、湯宿の寝床ではないぞ。味噌蔵道場の名物土間でな」

「し、師範代、立ち合いが再開されましたぞ。それがし、見物しとうございますで、ご免」

「それがしも、ご両人の稽古を見て学びとうござる」

と必死の表情で言い訳して、藤堂師範代の叱声から逃れようとした。

ふたりの女武芸者の厳しい立ち合いは、味噌蔵道場の門弟たちに衝撃を与えていた。

長刀の間合いに戻した木幡花が両手に持した得物を中段に構えると同時に新免花月も利き手の木刀を正面に置き、左手の木刀を背に隠した。

両人は同時に仕掛けた。

必殺の長刀技が相手の腰を叩いたと見物の門弟衆が思った瞬間、片手正眼の木刀も木幡花の胸を突いていた。

両人の口から、うっ、という呻き声が洩れた。

すいっ、と嘉一郎がふたりの間に割って入り、

「見事なり、両人」

と相打ちを告げた。

先に短い木刀を引いた新免花月が、

「神石嘉一郎どの、相打ちでございますか」

「不満かな、新免どの」

「いえ、見事なご判断かと存じます。ですが、私にはいささか力が残っておりますれば、神石嘉一郎どの、私めにご指導下されと願うと同時に木幡花も同じ意を告げた。

「ご両人、それがしと稽古をなさりたいか。ならばどうだな、ご両人同時にそれがしと立ち合いをしませぬか」

嘉一郎の提案に女武芸者ふたりが顔を見合わせて念を押した。

「一対二の立ち合い稽古ということでようございますか、神石様」

「いかにもさよう」

と応じた嘉一郎に水上梅次郎が近寄ってきて、

「さすがの神石様も女武芸者ふたりと立ち合ったことはございますまい」

と木刀と竹刀の二本をどちらか選ばせるように嘉一郎に差し出した。嘉一郎は竹刀を手にしながら、

「梅次郎どの、そなたがそれがしの助勢、一番手でどうだ」

と問うていた。

「水上梅次郎、これ以上味噌蔵道場で評判を落としたくございません。またご両人もそれがしと立ち合うなど望んでおられますまい。嘉一郎様のご奮闘を拝見します」

と梅次郎が嘉一郎の提案をあっさりと退けた。

見物の門弟たちの間で、

「女同士の判じ役のあとは、そのふたりを相手にするじゃと。話にもなるまい」

「神石様の圧勝じゃな」

「いや、あれだけ強いお方にはなにかしら欠点があるものよ。神石師範は女子につい手加減して長刀の餌食になるのと違うか」

「ほう、さような見方があるか」

稽古用長刀と大小二本の木刀を得物とするふたりと、竹刀を手にした嘉一郎の打合い稽古が始まった。

刃びきしているとはいえ、長刀と竹刀で打ち合うなど考えられなかった。さらに二刀流の木刀も控えている。

「道具が違うわ、竹刀を何本か用意しておけ」

と藤堂に命じられた味噌蔵道場番頭方の梅次郎が慌てて新たに二本ほど竹刀を手にして、嘉一郎から声がかかるのを待った。

一対女ふたりの立ち合いは意外な展開になった。

刃びきした長刀を構えた花は、悠然と嘉一郎の動きを眺めて観察した。

その模様を察した嘉一郎が珍しく先手をとった。

いきなり間合いを詰められ、木幡花は防御する暇もなく長刀を持つ左手を叩かれた。力の籠《こも》った一撃ではなかったが、長刀を取り落とそうとするのを必死で堪えた。

嘉一郎は二本目を揮わなかった。

その模様を見た二刀流の新免花月は嘉一郎との間合いを詰めると両手の木刀を左右に巧妙に振り分けてどちらの手を先に揮うか、対戦者に悟られないようにした。

新免花月が本式に二刀流を揮う前に相手を戸惑わせる得意の攪乱《かくらん》戦法だ。

だが、嘉一郎は花月の攪乱戦法を平静な態度で確かめるように見て、仕掛ける前に寸毫の間を置いた。

うむ、と洩らした花月は相手が乗ってこないと悟ると、自分の方から踏み込んで利き手の長い木刀で嘉一郎の竹刀を抑えた、と思った。そこで左手の短い木刀で嘉一郎の面を叩いた。だが、空を切らされていた。

（な、なにが起こった）

と戸惑う花月は胴を軽やかに弾かれて、虚空に飛んでいた。

一方、木幡花は花月が虚空を舞う姿を見ながら、長刀を嘉一郎に向けて力任せに振るっていた。十分に長刀の刃が届く距離だ。

（面打ち、決まった）

と思った次の瞬間、嘉一郎の竹刀が花の額を襲い、寸毫の間合いでぴたりと止められていた。

「あれぇー」

叩かれてもいないのに悲鳴を上げて花は腰砕けにその場に尻もちをついていた。

新免花月も木幡花もなにが起こったか分からぬうちに味噌蔵道場の土間にへたり込んでいた。両人とも呆然自失して、嘉一郎を見た。

「ご両人、稽古は始まったばかりですぞ。ささ、それぞれ手に馴染んだ道具を取りなされ」

「じ、神石様、手に力が入りませぬ。木幡花、長年竹刀と稽古してきましたが、かようなことは初めて、もはや生涯長刀を持つことは叶わないのではありませんか」

「しばし痺れて力がはいらないかもしれませんが、重ねて打たれるうちにこれまで以上の力が戻って参ります。そのときはさらに一段二段上の武芸者に育っておるということです」

とあっさりと嘉一郎に言われて返す言葉が見つからなかった。

木幡花と新免花月、ふたりの女武芸者の前に大きな壁が立ち塞がった日であった。

第三章　江戸暮らし

一

神石嘉一郎は江戸暮らしを楽しんでいた。

大坂や京に滞在していた折り、

「食い物はなんといってもな、京大坂が美味《うま》いわ」

とか、

「徳川はんの世になってな、食いもんも江戸が一番やと江戸から伝わってくるけどな、江戸の食いものは料理やおへん。ただただ味が濃いだけの食いもんや。腹が減った折りに味を考えんとかき込むめしや」

とか聞かされてきた。

だが、嘉一郎には江戸風の濃い味付けが口に合った。なにより剣術家白井亨の主宰する味噌蔵道場は日本橋に近くて江戸一番の大きな魚河岸の傍らにあった。新鮮な魚に舌の肥えた職人衆が馴染みにする食いもの屋が無数に在った。

猛稽古をしたあと、魚河岸の周りにあるざっかけない食い物屋に飛び込むと、江戸の内海で獲れた様々な魚があれこれ、煮付けや焼き物などに調理されて競い合うように供され、多彩な料理を食することができた。なんといっても嘉一郎のように懐具合を気にする人間にも安心して注文することができる値段だった。朝稽古のあと、朝餉と昼餉を兼ねた食事が嘉一郎の楽しみであった。

日本橋の魚河岸のように無数の店が集まっていて、江戸の内海ばかりか外海で獲れたマグロやカツオなどの大きな魚から初めて見る魚まで、いろいろな種類が売られている光景を西国豊後の佐伯城下で見ることはありえなかったからだ。

この日、味噌蔵道場で門弟衆の指導と己の稽古を終えた嘉一郎を、女門弟となった木幡花と新免花月のふたりが門前で待ち受けていて、

「師匠、本日はわたしどもにお付き合いくだされ」

と声を掛けてきた。

「ううーん、お付き合いとはどのようなことかな。それがし、江戸のことが未だ

よう理解できん在所者でな、女性《にょしょう》に付き合いともうされても」

と途中で言葉を詰まらせた。なにをしたいのか推測がつかなかった。

「ふだん師匠から懇切丁寧な指導を受けているわたしども女門弟ふたりからの細やかな感謝の気持ちです。いっしょに食事をしてくだされ」

と大きな体の木幡花が腰を折って願った。

「おお、なんと昼餉のお誘いか」

と応じた嘉一郎は、

(さあてこの女子ふたりをどこへ案内すればよいか)

と思案しながら、懐具合がどうだったか案じた。

(おお、そうだ)

昨日、道場主の白井亨から指導料として謝礼金一両を頂戴して、そっくり巾着に残っていた。

「すでに承知のようにそれがし、江戸はよう知らぬでな、まともな料理屋の馴染みなどないぞ。ご両人、安くて美味い食い物屋をご存じか」

と尋ねると、

「本日はわたしどもからの師匠への細やかな接待とお考えください、食い物屋はすでに調べて約定してあります」

「花月が申すようにわたしどもが御馳走します」

とふたりが示し合わせたように告げた。

「それがしがそなたらを指導するのは味噌蔵道場の師範方として当然の務めである。接待を受ける謂《いわ》れはないがな」

と嘉一郎が困惑の顔付きで首を捻った。

「師匠、わたしども、女門弟からの招きはお嫌ですか。それとも長屋に見目麗しい女衆《おんなし》が待っておられますか」

しばし間を置いた嘉一郎の顔に笑みが浮かび、

「花月どの、それがしに女房のごとき女性が長屋で待っておるかとお尋ねか。未だ西国訛りが抜けぬ在所者にさような女衆はおるはずもなかろう。ううーん、申し出をそれがしが受けて、そなたら、差し障りが生じぬか」

味噌蔵道場に毎日のように稽古に通う女門弟ふたりの懐具合を推量してみた。

「師匠、差し障りなど花月さんともども、全くございません」

と花が真面目な顔で言い切った。

「それがし、稽古のあと、朝餉と昼餉を兼ねた食事をするのが江戸での楽しみになっておる。とは申せ、膳が供されるような料理屋ではないぞ。職人衆が、丼めしをがつがつと食する下直《げじき》なお店ばかりだ。この際、小粋な料理屋といいたいが、それがし、一軒も知らんでな」

嘉一郎はそう花に告げると、もうひとりの女門弟の新免花月を見た。

「うちは伊勢桑名藩十一万石松平家」

「な、なに、そなたの父上は伊勢桑名藩松平家のご家臣か」

「師匠、話は最後までお聞きくださいまし。松平家の裏手にある住まいです。大半は力仕事の衆が住む長屋です」

と答えたが花月一家が住む長屋は二階建てで、座敷は三間あった。

「おお、早とちりしてすまなかった」

嘉一郎は新免花月の艶やかな衣装を見て、ついそう思ったのだ。それにしても花月の華やかな衣装はどうしたことか。

「神石嘉一郎様、わが家は三代前から浪々の身でございまして、父上はさる呉服問屋に勤めております」

「なに、父御が呉服屋勤めか」

と応じた嘉一郎は、

「つかぬことを聞くがそなたが着ておる華やかな着物は値が張るのであろうな」

と遠慮気に尋ねた。

「ああ、嘉一郎様は、着ておる絹物をわたしのものと勘違いされておりませぬか」

と花月が笑みの顔で反問した。

「なんとも上手な着こなしゆえ、当然そなたの持ち物であろう」

「わが家は着物をとっかえひっかえするほどの分限者ではございません。かような衣装は父の奉公する呉服屋の品物です」

嘉一郎は新免花月の家は裕福ゆえ、毎日違った衣服を着てくるのかと信じていた。だが、仔細は異なるとの返答に首を傾げた。

「神石様、呉服屋の衣服をわたしが表で着て歩くには曰くがございます」

「ほう、どんな曰くかのう。聞いてよいかな」

「わたしが時節の着物を毎日着替えて町歩きをしますと、老舗の小間物屋からお呼びがかかったり、お駕籠《かご》に乗った女衆からどこで購《あがな》った、と声がかかったりします。その折りわたしは父上の勤める呉服屋を教えます」

「おお、そなたが着ておると触れ込みになるか」

と得心した。

「はい。夕方、店に戻りますと、わたしが着ていたものと同じ反物がすでに二反も買われていたこともありました」

ううーん、と呻った嘉一郎が、

「相分かったぞ」

と呟くと、

「相分かったと申されますと」

と花月が問い返した。

「そなたは見目麗しく着こなしが上手《うま》いゆえな、そなたが着ていたと同じ反物が売れるのだぞ」

「さようでしょうか」

「間違いないわ。それがし、毎日とっかえひっかえしてくる衣服はそなたの家が裕福ゆえのことかと思うておったわ。まさか触れ込みとは思わなかった。よい仕事をお持ちかな」

と応じた嘉一郎を花月と花のふたりが見た。

「うむ、それがし、誤解しておるか」

いえ、と花月が応じて、

「花月ちゃんが味噌蔵道場で剣術稽古を為す曰くを聞いて欲しいのです」

と花が言い添えた。

「どういうことかな」

と師範方の嘉一郎の言葉に花月は困惑した態《てい》で口を閉ざしたままだ。すると花月に代わって花が、

「師匠の人柄はわたしたち、すでに承知よね。なにを相談しても大丈夫よ」

と話を進めた。

「なんぞ厄介ごとがふりかかっておるようだな」

「そう、このところ三人組の若侍がしつこく花月ちゃんに付きまとっているのです。味噌蔵道場の近くの堀江六軒町にある、なんとか一刀流の篠竹《しのたけ》道場の門弟してね、この道場は旗本の子弟だけを門弟にとる剣道場なのです」

と花が花月に代わって説明した。

「武蔵派一刀流篠竹道場かな。それがし、かつて指導役見習の口でもないかと相談に参ったが、『そのほう、浪人者だな。うちは旗本の子弟しか入門が許されておらぬ、ゆえに師範方も家柄が大事』とえらそうな口調で断られたことがあった

な」

「そう、その道場よ、師匠」

「花月どのは愛らしいゆえ、厄介ごとが降りかかるか。なんとも難儀なことよのう。とは申せ、味噌蔵道場まで若侍の三人組が花月どのに会いにくることはあるまい」

「師匠、それがあいつら、旗本の家柄がどうとかこうとかといって、えらそうなのよ。師範、三人組に会ったら、うちの花月に手を出すようなことはしないで欲しいと釘を刺してくれませんか」

と花が願った。

「ううーん、却って厄介が大きくならぬか。相手は江戸育ちの旗本の子弟、それがしは在所者で浪々の身じゃぞ」

「でも、師匠のほうが何倍も強いですよ」

と花が言い張った。

「花どの、さような羽目になるようだと、厄介の極みじゃぞ。それがしが嘴《くちばし》を入れてよいとはとても思えぬ」

「師匠、わたしたち門弟を見放すのですか」

「ううん、どうしたものかのう」

としばし考えた嘉一郎が、

「どうだ、その三人組をわが道場に誘わぬか。師匠の白井亭様にはその旨、お話しして許しを得よう」

「どういうこと、別の道場の門弟をうちの道場に誘うって」

「われら、相通ずることは好きな剣術の修行をしていることだな。互いに竹刀を交えてみれば、打ち解け合えぬか」

「他道場の門弟をうちの味噌蔵道場に誘うの、あちらの道場主がお許しになるかな。なによりあの三人組、うちで稽古をするなんて度胸があるかな」

と木幡花が首を傾げた。

「あちらの道場主とわが師の白井亭様のふたり、親交があるとよいがな」

と嘉一郎が腕組みをした。

そんな嘉一郎と木幡花の問答に花月は加わることなく、沈黙したままだった。

それを見た嘉一郎が、

「ともかくしばらく様子を見てみようか」

と言い出し、この場は一応納まった。

二

その日、嘉一郎が鎧ノ渡で乗合船に乗ろうと待っていると、三人の若侍が立ち塞がった。手に常寸より四、五寸は長く太い木刀をそれぞれが携えていた。

「そのほう、神石嘉一郎だな」

「いかにもさようだが、なんぞ用事かな」

と嘉一郎は問いながら三人の若侍を見た。

「そのほう、新免花月に剣術を教えておるそうだな」

「おお、それがし、白井亨師が主宰する味噌蔵道場で師範方を務めておるのだ、花月どのも門弟のひとりでな。師範方として門弟を指導するのは、それがしの役目である。それがどうかしたかな」

「そのほう花月にあれこれと要らぬ知恵を授けておろう。得体の知れぬ在所者が花月に近付くではない」

と三人組の兄貴分と思しき太った若侍が言い放った。どうやらこの男が花月にご執心のようだと嘉一郎は察した。

「道場で門弟を教えるのはそれがしの務めと申したぞ。門弟である花月どのがそれがしの教えが嫌なら嫌と申されよう」

「おお、花月が嫌だと申しておるわ」

嘉一郎はしばし間を置いて、糺《ただ》した。

「そなたらの所業は木幡花どのから聞いて、およそのことは承知しておる、だが、この場のことはなかったことにしよう。そなたら、まずはしっかりと己の剣術修行をするのが先ではないか」

「くそっ、あの大女め、あらぬことを告げ口しおったか」

三人組のひとり、無暗《むやみ》に背が高い痩身の若侍が思わず漏らした。

「あらぬことなのか。どうやら花どのの言葉が正鵠《せいこく》を射ておるようだな。この際だ、花月どのと木幡花どのの師範として、そなたらに言うておこう。気持ちはなんとなく察せられないではないが、好きな娘御にしつこく付きまとうと嫌われるぞ。これはそなたらに限ったことではないがな」

「われら、しつこく付きまとってはおらぬ」

「ならば厄介なことは生じまい」

「厄介なこととはなんだ」

「そなたらの道場の剣術教授方がかような行動を知られたらどう思われようか。娘の花月どのに好かれたいのなら、礼儀と作法を心得たうえで真摯《しんし》にお付き合いを願うのがよかろう。余計な忠言かのう」

「おお、余計な忠言である」

　と太った兄貴分が言い切った。

「そなた、名はなんと申すな」

「そのほうに姓名を名乗る謂れはないわ」

「ふーむ、さようなことでは向後ともそなたは花月どのに避けられるな」

「二度とは言わぬ。花月に余計な口を利くではない」

「名無しどの、それがし、花月どのを味噌蔵道場主白井亨師に許されて指導しておるのだ。されど、それ以上のことはなにも為した覚えはないぞ」

「いや、おのれがあれこれと虚言を弄して花月に告げ口をしておるに違いない。このところの花月の態度がおかしい」

　と推量を述べた。

　花月はこの若侍らのしつこさにうんざりして、隔てを置いたのだと嘉一郎は理解した。

「困ったのう。告げ口もなにもそなたらとはこの場で初めて会ったばかりだ。それがし、そなたらとわけのわからぬことを、これ以上話すことはない。乗合船が参ったで、それがし、乗らせてもらうぞ」

と嘉一郎が行きかけると、三人がいきなり木刀を嘉一郎に突き付けて乗合船に乗ることを阻んだ。足を止めた嘉一郎が、

「日中、大勢の人が見ておられるなかで、なにを為す気だ。そのほうらの篠竹道場もこの界隈ではないのか。師匠や師範方がそなたらの行動を知られたらどう思われるかのう」

と言うと三人組はしばし沈黙して迷う様子を見せた。が、

「神石嘉一郎、よいな。新免花月に近付くではない」

と太った男が大声で強弁を繰り返した。

「名無しどの、とくと考えられよ。花月どのはそれがしの門弟のひとりである。師範が弟子に教えるのは当然の行為だぞ」

鎧ノ渡し場だ。

船が着いたばかりで下船する人がいて、交替に乗り込もうとする客たちがいた。そんな人々が嘉一郎と三人組の押し問答を聞いていた。なかには嘉一郎が味噌蔵

道場の師範方ということを承知の男衆もいて、

「神石の旦那、若い侍に絡まれてないか」

「朋輩、絡まれるも絡まれないもあるか。味噌蔵道場の神石の旦那はよ、道場主の白井亨様と五分五分の腕前、つまりよ、強いってことだ。独活《うど》の大木三人がいくら逆立ちしても敵うめえよ。重《しげ》、おめえがこのぼんくらどもにな、止めときなと忠言しねえか」

「なんてよ」

「千の字、おりゃ、二本差しの侍は嫌《きれ》えだ、弱いやつほど刀を抜いて振り回すからよ。言い出したおめえがこのぼんくらどもに教えてやんな」

「そりゃ、この立ち合い、話にならねえからよ、止めときなって」

道具箱を担いだ職人ふたりの問答が若侍三人組の耳に入ったとみえて、

「そのほうら、あやつを叩きのめす前に叩き斬ってやろうか」

と小太りの若侍が刀の柄に手をかけてみせた。

「ほれ、直ぐこれだ。部屋住みの若様よ」

「それがし、部屋住みではないわ。直参旗本七百石の跡継ぎである」

「そうかえ、そうかえ。ともかくよ、相手はわっしらじゃあるめえ。神石嘉一郎の旦那と違うかえ」
「おお、そうじゃ。よかろう、神《じん》なんとかを叩きふせたあとにそなたらを叩きのめす」
と痩身の若侍が手にしていた木刀を振ってみせた。
「あのな、おめえさんら、神石の旦那の技量を知らねえのか。三人がかりでも、
この近くの味噌蔵道場の師範方には敵うめえよ。いいかえ、おれの持ち金とおま
えさんの巾着の有り金を賭けていいぜ」
と、千の字と呼ばれた大工と思しき職人が言い放った。
「な、なに、あの者、腕がたつか」
「なんでもよ、佃の住吉社の船着場でよ、六尺棒を使って浪人者三人をすべて倒
したそうだぜ」
とその職人がいうと、
「おお、おりゃ、直に立ち合いを見た者から聞いたがよ、神石の旦那はわずかな
暇に相手をやっつけたそうだ」
と重と呼ばれた職人が言い添えた。若侍三人組は、重の話を耳にして、
(えっ、われら三人で太刀打ちできないか)

と目顔で言い合い、言葉を失った。そのとき、

「船が出るぞ」

と乗合船の船頭の声がしたのを聞いた嘉一郎は、道具箱を担いだ大工と思しき客に紛れるように船に乗り込んだ。

三人組の若侍たちが顔を見合わせている間に乗合船は船着場を離れた。

「若様方よ、もはやおまえさん方の相手は船に乗り込んで、ここにはいないぜ」

この界隈の隠居と思しき年寄りが教えた。

「な、なに、逃げおったか」

「逃げたね、おまえさん方は命拾いをしなさったんだ。助太刀稼業が務めの神石の旦那は、味噌蔵道場の道場主の白井亨様とよ、どっちがどっちかという腕前というぜ。白井先生から直に聞いたんだから、間違いねえや。いいかえ、こんどからはよ、喧嘩を売るときは、相手を見て名乗りを上げるんだぜ。おお、おまえさん方、未だ名乗りもしなかったな。そこは賢かったな、恥を搔かずに済んだもんな」

隠居が若侍に教え諭すように言った。

三人組の若侍はだれもいなくなった船着場に呆然と佇んでいた。

「おい、欽一郎《きんいちろう》、新免花月は諦めな。あの師匠が傍らにいては、そなたの腕前ではどうにも太刀打ちできぬぞ」

仲間のひとりが言い聞かせるように告げた。

「いや、それがしは諦めぬ。なんとしても新免花月をものにするぞ」

と欽一郎と呼ばれた若侍は勢いで抗ったが最前より口調が弱まっていた。

「お侍さんよ、胸んなかがもやもやとしているならばさ、味噌蔵道場を訪ねてさ、花月さんに願ってみないか」

「願うってどうするんだ」

「おお、花月さんにさ、この場で立ち合って勝ったらさ、それがしと付き合ってくれまいかと丁重に願うんだよ」

と暇だけは十分に持っている隠居が知恵をつけた。

「相手は娘だぞ、勝負になるものか」

「いやさ、味噌蔵道場の稽古は厳しいや。花月さんもなかなかの腕前というぜ。おめえさんら、太刀打ちできるかねえ」

隠居がさらに三人の若侍を唆《そその》かした。

「そのほう、われらを小馬鹿にしておるか。相手は女子、それも並外れて小さい娘じゃぞ」

「味噌蔵道場の白井亭先生の教えは娘だろうが子どもだろうが厳しいのよ。道場に訪ねていくんならよ、それなりの覚悟をしていくんだな」

「それなりの覚悟とはなんだな。門弟衆が寄って集《たか》ってわれら三人を袋叩きにするとでもいうのか」

「ガキの喧嘩じゃあねえや。ちゃんと曰くを説明すれば道場の師範がよ、おめえさんと花月さんの尋常の立ち合いの場を調えてくれるさ。ところで花月さんに勝つ自信あるかえ」

「それがしは新免花月と立ち合いなど考えておらぬ。ただ、そのなんというか」

「付き合いがしたいんだろ、恋心というやつだ。となると花月さんと立ち合って勝たねば認めてもらえぬぞ」

「味噌蔵道場では、われら他道場の門弟と花月との立ち合いを許してくれるか」

「おお、わっしはね、味噌蔵道場の門弟衆とは入魂《じっこん》の付き合いだ。おめえさんがその気ならば、明日にも顔出ししませんかえ。わっしが師匠の白井先生に頼んで立ち合い勝負のお膳立てしておきますぞ」

隠居に言われた三人の若侍たちが顔を見合わせた。

「あのな、そのくらいの覚悟がなければ花月さんとの付き合いはなしだ」

「い、隠居、新免花月に立ち合いで勝ったら、付き合いができると約定できるか」

「それは花月さんに聞かなきゃわかるめえ。おお、この前もおめえさん方のような若侍たちが味噌蔵道場に乗り込んだのさ」

「まさか門弟衆と立ち合わされたか」

「いや、花月さんひとりが相手したな」

「か、花月は怪我をしなかったか」

「花月さんによ、竹刀でこつんこつんと額を叩かれて、こそこそと道場から逃げ去ったな。わっしがその場にいて直に見ていたから間違いない話よ。おめえさん方もそれなりの覚悟で道場に乗り込まねえと、花月さんに叩かれて逃げ出すことになるぞ」

「われら、七つの折りから江戸一番の剣道場で稽古をしてきたのだ。娘風情に何事かあらん。それよりわれらが味噌蔵道場に乗り込んでも、相手はなにやかにや言って、立ち合いなど許さぬのではないか」

「だから、言ったろ。先《せん》にさ、おまえさん方と同じように花月さんを目当てに味噌蔵道場に乗り込んでさ、軽く受け流された若侍がいたって」

「ううーん、幾たびも繰り返すが花月は娘だぞ。男子のそれがしが立ち合って竹刀で叩くなんてできんわ」

「あのな、おめえさんが勝つってか、そりゃまずないな」

「なにを申すか。女子相手に負けるはずもないわ」

「ならば明日、そうだな、明け六つ（午前六時）前に味噌蔵道場に来ませんかえ。師匠の白井様と花月さん両人に許しを得ておくからよ」

隠居に言われて、三人組は頷くしかなかった。

「ならば名を聞いておこうか。白井亨先生の前で名乗らぬのは許されないぜ。おまえさん方も旗本のようだが、味噌蔵道場の門弟衆には公儀の御番頭《ごばんがしら》格がいくらも居らあ。大目付の蓬田様もときに見所から睨みを利かせておられるな」

「な、なに、大目付の蓬田左京様も味噌蔵道場の門弟か」

「お歳を召しておられるので滅多に道具は手にしないがな、昔取った杵柄《きねづか》、出来の悪い門弟を見ると、いきなり見所から飛び下りて竹刀で手加減なしに叩きのめされるぜ」

「隠居、大仰な言い方だな、それはあるまい」

「わっしの言葉が信用できねえっていうんならさ、蓬田様に話しておこう。旗本の跡継ぎで出来の悪いのを取り揃えておきますから、いかようにも料理してくだされってね」

「い、隠居、冗談はよしてくれ」

「わっしはかようなことで冗談は申しませんや」

「ま、待て、待ってくれ。真の話か」

「南茅場町の天神稲荷の御用人にして、江戸開闢《かいびゃく》以来の鍵錠前問屋の隠居光兵衛《こうべえ》が虚言は弄しません」

　と言い切り、

「まずお三方、名乗りなされ」

　と隠居の光兵衛に睨まれて、

「それがし、新庄《しんじょう》欽一郎にござる」

　と兄貴分が名乗り、残りのふたりも石川彦太郎、大岡和正としぶしぶ名乗った。

「で、新庄欽一郎様が新免花月さんとお付き合いを願いたいのですな」

「おお、そういうことだ」

「最前に比べて言葉が弱々しゅうございますな」

「隠居、最前からそのほうに好き放題に脅されたのだ。花月とは付き合いたいが、そのためには花月を立ち合いで負かさなければならんのだな」

「いかにもさようです」

「なにやらそれがし、花月に負けるのか、そんな気がして参ったわ」

「えっ、すでにさような気持ちですか。この話は聞かなかったことにしておきましょうかな。新庄欽一郎様、花月さんのことは忘れて下され。立ち合う前からさような話ではどうにもなりませんや」

欽一郎は光兵衛の言葉を沈黙して考えていたが、

「いや、隠居、それがし、明朝六つには味噌蔵道場に参り、花月と尋常に立ち合う。ゆえにお膳立てを願おう」

と最前とは違った、強い口調で言い切った。長い沈黙の間に欽一郎は、なにか決心した趣《おもむき》があった。

「門弟衆の前で花月さんと立ち合い、負けてもよいと覚悟されたのですかな」

「負けてよいと覚悟したのではないぞ。花月がどれほどの腕前か知らぬが、それがしも全力を尽くす決意だ。そのうえで叩きのめされたのであれば致し方あるまい」

と言い切った。

ううーん、と光兵衛が呻った。

「新庄様、そうなったら花月さんとのお付き合い、諦めますかえ」

「いや、それがしがどのような気持ちになるか分からぬが、負けるなら大勢の門弟衆の前でとことん叩かれて、これ以上の潔い負け方はないというほどの立ち合いをしてみたいのだ。それが出来るかどうかで、それがしの向後が決まる気が致す」

欽一郎の言葉に沈思していた光兵衛が、

「ようございます。そなた様のただ今の言葉、花月さんに伝えても構いませんかな」

「構わぬ。最後の力を出し尽くすまで戦ってみせる。花月に伝えてくれ。決して力を抜かず全力で攻めてくれぬかとな。勝ち負けなどどうでもよい、悔いの残らぬ戦い方をしてみたい。そのうえ」

と欽一郎が言葉の先を飲み込んだ。

「どうされましたな」

「それがしが力を残して味噌蔵道場の土間に倒れておると察せられた折りは、それがし、新庄欽一郎を強引に引き起こして、表に放り出せと門弟衆に伝えてくれぬか」

「重ねて申しますが、この立ち合いを味噌蔵道場の大勢の門弟衆がご覧になっておりますぞ。娘の花月さんに叩きのめされた新庄様の姿をな」

「致し方あるまい。それがただ今のそれがしの力なのだ」

と言い切った欽一郎を見詰めていた光兵衛が大きく首肯した。

光兵衛は、欽一郎の剣術に対する考えが変わったことを察した。だが、その変化がほんものかどうか、明日の立ち合いを見ねば分からぬとも思った。

三

翌未明、白井亨が道場主の味噌蔵道場で神石嘉一郎は、いつものように独り稽古を始めていた。

味噌蔵道場に門弟衆が姿を見せる半刻前のことだ。

表は未だ暗かった。

独りの折りは、まず真剣で抜き打ちを繰り返した。ひたすら刃渡二尺四寸一分の波平行安を抜き放つ稽古だ。

暗黒のなかでの抜き打ちだ。

嘉一郎は初めて真剣で稽古を始めた幼き折の緊張を思い出しつつ、最初はゆったりとした動きで刀を抜き、鞘に納めた。

この動きを亡父から教え込まれた。

六歳を迎えた正月元旦のことだった。小刀を使っても幼い嘉一郎にとって難しかった。父の帯刀《たてわき》は、

「嘉一郎、急ぐ要はない。ゆっくりと丁寧に刀を抜き、一拍おいて鞘に戻すのだ。この動作を五体にとことん覚え込ませるのだ。手先だけで事を為してはならぬ。父の抜き打ちをみよ」

と動きを何遍も繰り返してくれた。

この稽古は毎朝、父親が身罷るまで続けられた。ひとりになった嘉一郎は父の教えを忠実に繰り返した。水の一滴が長い歳月をかけて巨岩を穿《うが》つように淡々とした抜き打ちだった。抜き打ちと躱しは、嘉一郎の特技として五体に沁み込んでいた。むろん江戸へと出ても、未明の味噌蔵道場で独り稽古を続けた。

この朝も抜き打ちを繰り返すうちに五体の筋肉が緩んでくるのが分かった。す

ると少しずつ嘉一郎の動きが早まってきて、行安の刃が虚空を切り裂く鋭い音が間断なく道場に響いた。

嘉一郎は刃が放つ律動的な調べを聞きながらひたすら抜き打ちに没頭した。

どれほどの刻が過ぎたか、道場の表がわずかに白んでくるのが分かった。そして、人の気配がした。

嘉一郎は行安を鞘に納め、道場の床に正座して呼吸を整えた。

そんな嘉一郎の様子を窺いながら弟子たちが一人ふたりと姿を見せて独り稽古を始めた。

味噌蔵道場で嘉一郎が未明の独り稽古を日課にしていると知った白井道場の門弟たちがこれまでより早めに道場に来て、各々が広い空間を使い、体を動かすようになっていた。

この朝、正座する嘉一郎の姿を認めながら最初に独り稽古を始めたのは新免花月だった。花月が稽古に没頭していたとき、三人の若侍たちが味噌蔵道場に恐る恐る入ってきた。

花月に好意を寄せる新庄欽一郎と仲間の石川彦太郎、大岡和正の三人だ。

三人はしばし道場の入り口で佇み、嘉一郎と花月のふたりの姿を探した。そして、欽一郎は花月が稽古する姿を確かめて、うっとりと見とれた。

そのときには、嘉一郎は座禅を組んで瞑目していた。

花月は最前までの嘉一郎を真似てか、抜き打ちの稽古に没入していた。

欽一郎ら三人は、未だ大勢の門弟が姿を見せぬ早朝の道場でごくり、と唾を飲んだ。

「なんぞ御用かな」

折しも味噌蔵道場をいつもより早く訪れた古手の門弟四十木《よそぎ》五右衛門が三人の若者に質した。この日、四十木家では先代の三回忌の法要が催されるので、施主の五右衛門は五つ半(午前九時)前に帰宅したかったのだ。

「いえ、それがし、こちらの道場の見物に」

「参られたと申されるか。お待ちなされ、もしやして鍵錠前問屋の隠居光兵衛さんが言うていた新庄、ううーむ、名はなんというたか。近ごろ他人様の名が直ぐに浮かばぬぞ。新庄きん、なんとかであったな」

「は、はい。それがし、新庄欽一郎にござる」

「おお、そなたが新庄どのか。そなた、うちの女門弟の新免花月と立ち合い勝負を願っておられるのではなかったか」

「他の門弟方にまで知れ渡っていましたか。まさかそのようなこととは」

欽一郎は恥ずかし気に洩らした。

「おお、われら、剣術好き同士だ、どのような仔細であろうと、道場で竹刀を交えるのは悪くはあるまい」

そんなふたりの問答を何人かの門弟衆や新庄の仲間たちが聞いていた。むろん当の新免花月の耳にも入っていた。

その花月をちらりと見た四十木が、

「ご覧のとおり道場主も師範方の多くも未だ見えておらぬ。だが、それがし、隠居の光兵衛どのから経緯は聞いて承知しておる。花月、話は聞いたな。新庄欽一郎どのとの立ち合い勝負、どうするな」

「四十木様、本気勝負でございますか。それとも立ち合いと称した稽古と考えてようございますか」

「まあ、単に稽古なれば一々話し合う要もあるまい。一応立ち合い勝負と考えてはいかぬかのう。それがしでよければ判じ方として立ち会おう」

「勝負にてもわたしは結構です。ただしこの勝負にて新庄欽一郎様とわたしめの関わりは終わりにして頂きます」

と花月が言い切った。

「どちらが勝とうと負けようと関わりなくかな」

「はい。わたくし、ただ今は剣術の修行に没頭しとうございます。ゆえにどなた様であれ、お付き合いなど考えられませぬ」

花月の話を聞いた四十木が新庄欽一郎を見た。

その視線を受け止めた欽一郎が、

「よかろう。惚れた弱みといいたいがそのほうの増上慢、鼻についたわ。叩きのめしてくれん、覚悟せよ」

と言い放った。

「新庄どの、それがし、近ごろ耳が遠くてな、そなたの言葉、聞こえなかったわ。ともあれ、判じ方のそれがしの命は聞いてもらうぞ」

「どういうことか」

欽一郎が四十木を睨み返した。

「立ち合いはこの場の一度かぎり、勝ち負けはそれがしが見極める。よいかな、ご両人」

とすでに勝負の行方を確信した態の四十木が言い放ち、

「武芸者新免花月はこの場にて終わりである」

と欽一郎が言い返し、静かに頷いた花月の顔には笑みがあった。だが笑みの意を欽一郎は汲《く》み取れていなかった。

「ご両人、こちらへ」

と判じ方を務める四十木がふたりを道場の真中に呼んだ。

欽一郎は木刀を手にし、一方花月は竹刀を携えていた。それを見た四十木が、

「新庄どの、竹刀に替えられぬか」

と提案した。

木刀勝負となると、怪我をする可能性があった。

「花月はそれがしと竹刀勝負をしようと考えたか。さような考えは女武芸者とはいえ甘い、甘過ぎるわ。木刀に替えよ」

と欽一郎が命じた。

にっこり、と微笑んだ花月が、

「新庄様、わたしめ、竹刀にて十分でございます」

「それがしも竹刀に替えよと申すか」

「いえ、新庄様は手に馴染んだ木刀でようございます」

「なにっ、竹刀を持った女子相手にそれがしは木刀で立ち合うと申すか。大怪我をしても知らぬぞ」

未だ欽一郎には花月への想いが残っているのか、そんな懸念の言葉を告げた。

「わたしめの身を案じられますな、気遣い無用です」

「竹刀勝負を願う女子相手にそれがしが木刀では後々世間がなんというか知れたものではないわ。女武芸者相手に勝ちを得たらそれがし、却って悪い評判が流れようぞ。それにじゃ、木刀勝負でそなたに怪我をさせるわけにも参らぬ、それがしも竹刀にするか」

とその場にいる者たちに聞かせる言葉を吐いた。

「重ねて申し上げます。新庄様は木刀にて一向に構いませぬ」

「そなた、木刀のそれがしと、あくまで竹刀で立ち合うというか」

「新庄様、互いの道具が違ったとて、大事にはなりますまい」

と花月が繰り返した。

その言葉を聞いた欽一郎の仲間のひとり、石川彦太郎が、

「欽一郎、その女子、そのほうを虚仮《こけ》にしておらぬか」

「どういうことか、彦太郎」

「竹刀の女子が木刀で相手するそなたを叩きのめすというておるのだぞ」

「そんな馬鹿げたことがあるか」

「いや、そうだ、欽一郎」

と仲間の大岡和正が彦太郎の言葉に同調した。

「なにっ」

と言葉の意に気付いた欽一郎が笑みを漂わす花月を見た。すると、花月がにっこりと微笑んで頷いた。

「そ、そなた、この新庄欽一郎に勝つ心算《つもり》か」

「立ち合いでございます」

「それがし、手加減はせぬぞ」

「わたしもそのことを望んでおります」

「お、おのれ、新庄欽一郎を小馬鹿にしておるか」

と欽一郎が重ねて問うた。

「小馬鹿になどしておりませぬ。この立ち合い、最初から勝ち負けははっきりとしております。お分かりになりませぬか」

「ならば四十木様の見極めはいらぬではないか」

「いかにもさようです」

「なんのために四十木様はわれらの立ち合いに判じ方を務められるのか」

「わたしどもふたりは業前の差がはっきりとしております。ゆえにそなた様の体面を考えて判じ方を務められるのです」

「ま、待て、花月。そのほう、正気でそれがしに勝つというておるのではあるまいな」

「いかにもさようです」

と双方が繰り返した。

「とくと聞け。われら未だ戦ったことはないのだぞ」

「結果は分かっておるのです。このこと、この場のどなたもが承知です」

「さような馬鹿げたことがあろうか」

欽一郎がふたりのやりとりを聞いていた四十木の顔を見た。

「欽一郎とやら、わしはどちらに怪我があってもならんでな、判じ方を務めるのだ」

と言い訳めいた言葉を吐いた。

「四十木様、どのような意ですか」

「道場主の白井亨師が居らぬゆえ念のためだ。ところで最前からの問答だが、花月は竹刀、そなたは木刀勝負を望んでおるな。わしが見ておるゆえ、互いが選んだ得物にて勝負をしてみよ。いいか、わしの命には必ず従え、よいな、両人」

と最初から結果を承知の口調で四十木が言い切った。

「四十木様、よろしくお願い申します」

と花月が言い、欽一郎が道場に響き渡る大声で、

「ご一同、それがしが女武芸者と立ち合う曰くを聞かれたな。どのような結末であれ、得心されよ。それがし、全力を尽くすのみ」

余裕綽々《しやくしやく》の言葉で宣告した。

改めて竹刀を手にした花月と手に馴染んだ已の木刀を構えた欽一郎が四十木に見守られて対峙した。

いまやだれもが異なる武具を手にした両人を見詰めていた。

嘉一郎も二人を見守っていた。

四十木がふたりそれぞれと視線を合わせて、頷いた。四十木は結果を予見している顔付きだった。

「始め」

との言葉で木刀を手にした欽一郎が、ぴょん、と後方に飛び下がり、得意の間合いをとった。構えは上段だ。

欽一郎と花月の背丈の差は頭一つ以上もあった。大人と子どもの立ち合いと見えなくもない。

新免花月は竹刀を正眼にゆったりと構えた。

両者はわずかな間、静かに対峙し、睨み合った。

次の瞬間、

「参る」

と宣告した欽一郎が木刀を高く掲げたまま、大胆に踏み込んできた。一見勇猛果敢な動きに見えたが、白井道場の門弟たちの目には緩慢すぎて緊迫が感じられなかった。明らかに新免花月を剣術好きの女子としか見ておらず、剣術家などとは努々《ゆめゆめ》考えていないのがわかった。

花月はそんな欽一郎の動きを不動の構えで冷静に見ていた。

欽一郎の木刀に気迫がないことを花月はとくと察していた。そのうえ女相手と高をくくっている攻めだった。

花月は踏込みとともに上段から振り下ろされた相手の木刀を肩口に感じたとき、

そより、と吹く微風のように身を躱していた。

(なんとこの娘、いつの間にかそれがしの得意芸「躱し」を会得しておるわ)

と嘉一郎は驚いた。

(そうか、花月は欽一郎と勝負しているのではない。それがしに「躱し」を会得したことを告げておるか)

と思った。いや、そればかりか欽一郎を躱したあと、相手が攻めの構えをとる間を与えていた。

「逃げおるか、それでは勝負になるまいが」

と喚いた欽一郎は花月の対応の真の意をまるで感じていなかった。

花月は無言で会釈した。

「花月、未だ味噌蔵道場の厳しさに接しておらぬか。まあ、女子ゆえ門弟衆の大半が加減をして相手されておるからのう。いいか、そろそろ剣術の厳しさを教えて遣わそうか」

「新庄様、お願い申します」

と応じた花月に、

「よかろう。二の手からは逃げられぬぞ」

と言い放った欽一郎は、突きの構えをとった。

体格の差もあって、欽一郎の木刀の先端は花月の両眼の間を上方から狙っていた。だが、木刀に気迫が伝わっておらず腰がふらついていた。そのことに当人は気付いていなかった。

「どうだ、木刀の怖さを思い知ったか」

花月はなにも答えない。

彼我の技量に差があることを相手が気付いてくれるのをひたすら待った。

両人の間合いは一間を切っていた。欽一郎が一歩踏み込んで木刀を伸ばせば、届く間合いだった。しばし迷った風に間をとった欽一郎は、突きの構えの木刀を胸まで引くと花月に向かって伸ばす動作をゆっくりと繰り返した。

一方、花月の正眼の構えは微動だにしていなかった。

「新免花月、五体が固まっていないか。その折りはな、息を吐き、ゆっくりと吸いこむがいい。この間、それがしの攻めは行わぬ、安心せよ」

「新庄欽一郎様、さような斟酌《しんしゃく》は無用です。攻めに徹してくだされ」

「なにっ、恐怖に身が動かぬのではないというか」

その言葉を聞いた花月が、からからと笑った。

「わたしが本気なれば、そなた様はすでに何回も土間に転がっております」

「おのれ、蔑むような嗤いと大口、許さぬ」

と叫ぶと同時に欽一郎が踏み込んだ。両手で構えた突きが踏込みとともに伸びて、木刀の先端が花月の両眼の間を襲った。

いや、顔面にきまったと信じた欽一郎の木刀はなぜか虚空に伸びていき、花月の竹刀が撓《しな》って欽一郎の脇腹を巻きこむように叩いていた。

「うっ」

と呻いた欽一郎はその場に立ち竦《すく》んで固まった。

(な、なにが起こったか)

遠くから、

「欽一郎、なにをしておる」

と石川彦太郎の悲鳴に似た声が聞こえた。

次の瞬間、ゆらり、と体が揺れて下半身から力が抜け、景色がぐるぐると回って味噌蔵道場の土間に顔面から叩きつけられて意識が途絶した。

四

どれほどの時が流れたか。

欽一郎は顔に当てられた冷たい手拭いに気づくとともに意識が戻ってきた。が、なにが起こったか理解できなかった。

(それがし、なにをしておるのか)

顔の手拭いに手を伸ばそうとして脇腹に痛みを感じた。同時に顔に激痛が奔った。

(なんだ、なにが起こった)

「欽一郎、目が覚めたか」

声が耳元でした。しばし考えたあと、

「ひ、彦か」

と問うた。

「おお、どうだ、気分は」

「うむ、あちこちが痛い。ここは道場か」

「覚えておらぬか」

「な、なにが起こった」

欽一郎の問いに彦太郎が沈黙したまま顔の手拭いを剝ぎとった。

格子窓からの光が欽一郎の両眼を射た。なんとも眩しかった。彦太郎を見たがどこにおるのか、今ひとつ分からなかった。

ふたたび冷たく濡らして絞られた手拭いが顔に当てられて、欽一郎はほっと安堵した。するとまた脇腹に痛みを感じた。

「彦、脇腹が痛い、顔も痛いぞ。なにがあったんだ」

「竹刀で叩かれたからな。とはいえ相手は手加減して叩いたそうな。数日もすれば脇腹の痛みは薄れるそうだ。だが、顔の青痣《あおあざ》は当分消えまい」

「なに、相手は独りではなかったか」

「一対一の勝負よ。おぬし、なにも覚えておらぬのか、立ち合いでそなたの脇腹に巻き付くように竹刀で叩かれたことをな」

「……だれに叩かれたのだ」

欽一郎の問いに彦太郎は答えなかった。

「なにが起こったのだ」

「欽一郎、しっかりとせよ。起こったことはもはや仕方ないわ」

と慰めるような彦太郎の声音に、

（それがし、だれと立ち合いをしたか）

と思案した。

「なにがあったのだ、彦」

「真に知りたいのだな」

と彦太郎が念押しした。

「欽一郎、そなた、女武芸者の新免花月と立ち合ったのだ」

一瞬、ぽかんとした。

「なに、花月と竹刀を交わしたか」

「そなたは木刀での立ち合いであったわ」

と彦太郎の声が潜み声になった。

欽一郎はしばし沈黙して記憶を探った。

（なんと、男子のそれがしが木刀で相手の女子は竹刀だと）

その表情を見た彦太郎は、欽一郎が起こったことを思い出したくないのであろうと考えた。重苦しい沈黙がふたりの間に漂い、

「彦、それがしは花月と確かに立ち合ったのだな」

と念押しされた。出来ることなれば、彦太郎に、

（いまの言葉は冗談、そなたを驚かす虚言だ）

と言ってほしいと願っている表情だった。

「顔も痛いぞ」

「真になにも覚えておらんのか」

彦太郎の再々の問いに寝たままの欽一郎は思案した。

（なんと花月に叩かれて気を失ったのか）

呆然自失して応える言葉が浮かばなかった。

欽一郎はそっと脇腹を手で触った。竹刀で叩かれてこれだけの痛みが走るかと思った。なんとも信じたくない話だった。

「師範方も竹刀の花月が手加減したで骨など折れておるまいと申されたわ」

「それがしは手加減した花月に叩かれて気を失ったのだな」

「ああ、そういうことだ」

「花月はどうした」

「そなたが気を失って土間に倒れたあと、花月がそなたを道場の隅に引きずって

きて目を覚ませようとしておったが、師範方に、あとはこちらに任せよと言われて、道場を早々に辞去したわ」

「あやつ、顔も叩きおったか」

「さようなことはしておらぬ。土間に倒れ込んだとき、そなたの木刀が土間に転がってその木刀に顔を激しく打ちつけたのだ。ひどい倒れ方ゆえ顔に青痣ができた。そなたは見えまいがなかなかひどい傷だぞ。普段の稽古でもそのような傷はできまいな」

彦太郎は呆れ果てたという顔で言い放った。

「花月に叩かれたのではないのだな」

「違うわ。花月の竹刀はそなたの脇腹を叩いた一撃だけだ」

「そうか、花月は早々に道場から姿を消したか」

「師範方が花月に去るように命じたからな」

しばし欽一郎は黙り込み、怖《お》ず怖《お》ずと質した。

「それがしが気付いたとき、花月がいては体裁が悪かろうと考えたか」

「まあ、そういうことだろうな」

彦太郎の返事に欽一郎は沈黙した。

長い沈黙のあと、顔に掛けられた手拭いをめくって両眼を見開き、道場の天井を見た。

格子窓から差し込む光が眩《まぶ》しかった。また手拭いを当てて自分だけの世界に戻った。ただ今の状況が消え去るならばどれほど、喜ばしいことか。

「長いこと剣術を続けてきたが、女子に叩かれて気を失ったのは初めてじゃ」

ぼそりと欽一郎は呟くと、

「お互いの技の出し合いで偶さかこうなったのだ」

と彦太郎が言った。

「いや、違うな。それがし、花月を女と見て油断した、甘く見た報いだ。剣術の技量に男も女もないということをこたびはいやというほど思い知らされたわ」

と己に言い聞かせるように漏らしたとき、傍らから声がかかった。

「新庄どの、本日の完敗を、いや、花月どのの教えを生涯忘れてはならぬ」

師範方の神石嘉一郎の声だった。

「は、はい」

欽一郎は慌てて手拭いを顔から外した。

「そなた、女が相手と思い、油断しておったか」

「高を括っておったようです」

「高を括っておらねば、打合いを制したと思うか」

しばし沈思する体の欽一郎が、こくりと頷き、

「そう思うてはなりませぬか」

「そのほうがさような考えを捨てぬ以上、幾たび立ち合っても、花月どのに床に転がされて気を失う無様を繰り返す」

と嘉一郎があっさりと言い切り、

「神石様」

と欽一郎が痛みを堪えて呻くように言った。

「不満か、それがしの言葉」

「普段の稽古から考えれば力はそれがしがはるかに上です」

「そのほうが油断せずば、床に転がされたのは花月どのか」

「同じ間違いは致しませぬ」

と欽一郎は言った。

しばし間を置いた嘉一郎が、

「欽一郎どの、それがしの両腕を背中に回して壁に掛かった捕縄《とりなわ》でしっかりと括

れ」

と命じた。

味噌蔵道場の壁には古来使われてきた武器や道具が所せましと掛けられていた。その中の捕縄を嘉一郎が顎で指した。

「神石様、それがし、新免花月の話をしております」

「分かっておる。それがしのいう通りにせよ」

と命じた嘉一郎は懐に入れていた黒鉢巻で両眼を塞ぐと後ろでしっかりと結んだ。さらに懐紙を一枚取り出すとふたつに指先で切り分け、唾で濡らして丸め、両の耳に突っ込んだ。これで道場の物音がかすかなものになったことを確かめた。さらに両手を背に回した。

「さあ、わが両手を背中でしっかりと縛るのだ、身動きが取れぬように固く縛りなされ」

意味が分からぬまま、欽一郎は力を込めて嘉一郎の両手を縛り上げた。

「これで眼も見えず音もかすかにしか聞こえず、手も使えぬ」

「は、はい」

と耳近くで応じたはずの欽一郎の返答が遠くからかすかに聞こえた。

「欽一郎どの、とくと聞きなされ。お互い一心に集中して知恵を絞り、力を出し切って叩いたり叩かれたりするのが剣術の稽古だ。だが、そなたにとってこたびのことは格別な出来事であった。このことをどう考えるかでそなたがどのような剣術家となるか、大きく変わると思え」

と言った嘉一郎が、

「欽一郎どの、その場でくるりと一度回ってくれぬか。一瞬の油断もしてはならぬ」

と言い添えた。

「ひと回りすればようございますね」

「よい」

「回ります」

欽一郎がひと回りして嘉一郎に向き合ったとき、嘉一郎の手に抜き身の小刀があって切っ先が欽一郎の心臓《しんのぞう》に突き付けられていた。

「えっ、それがし、両手をしっかりと油断なく縛りましたぞ。いつの間に解かれました」

と欽一郎が叫んだ。

「油断をせぬのも技なれば、油断を相手にさせるのも業前だ。同じ寸毫の時の流れも人それぞれによって異なるということだ」

と言いながら両眼を覆っていた黒鉢巻をほどき、最後に耳に詰めた紙玉を取り出して見せた。

なんということか、と呟いた欽一郎が、

「それがし、知らず知らずのうちに神石様に油断させられたのでしょうか」

と自問するように言い添えた。

「ということかのう。そなた、そのことを考えもしなかったな」

首を横に振った欽一郎に嘉一郎は、

「相手が丸腰のそれがしゆえ油断したか」

と問い、欽一郎はなにも考えられずただ首肯し、

「それがし、どうすればよかったのでしょうか」

と呆然とした顔で呟いた。

その場を重い沈黙が支配した。

「ひとつ、そなたが為さねばならぬ行いがある。そのことが出来るかどうか」

と嘉一郎が欽一郎の顔を正視した。

「やります」

「出来るかのう。そなたの武士としての体面すべてを日本橋川に捨てることが出来るかな」

嘉一郎のいうことが今ひとつ理解できなかった。

「女子の花月に負けたそれがしにもはや体面なぞかけらもありませんぞ。道場じゅうが承知の事実です」

「真にそうか」

「神石様、ただ今のそれがしになにが残されておると申されますか。どのようなことでもやります。お教え下され」

「欽一郎どの、明朝、白井道場を訪れたら真っ先に花月どのの前で正座して、向後の指南方を願いなされ。よろしいかな」

なんと花月に膝を屈して指南を願えと神石嘉一郎が言っていた。思いがけない言葉を聞いて欽一郎は即答できなかった。

「それがしの言葉、理解できませんか」

欽一郎はなんの言葉も浮かばなかった。女の新免花月に頭を下げることなど出来るはずもないと思った。すると、

「欽一郎どの、篠竹道場の許しを得たら新免花月どのに頭を下げて真摯に教えを乞うのです。本日ただ今からそなたは、花月どのの弟子です、このことを向後一瞬たりとも忘れてはなりません」

と嘉一郎が丁寧にも教え諭すように懇々と告げた。

欽一郎は神石嘉一郎の言葉を幾たびも考えたが、その真意が理解できなかった。いや、嘉一郎が命ずる意は分かったが、女の花月を師として敬うことが、道場の門弟衆の前で出来るとは思えなかった。

「女子の花月がそれがしの師か」

と思わず声に出して呟いた。

「欽一郎どの、花月どのが女子であることに拘《こだわ》りなさるな。剣術の師に男か女子かの別など無意味である。向後この一件に関して女子という言葉を口にしてはならぬ。名を口にする折りは新免様と、あるいはどのと呼ぶのです」

花月、と呼び捨てにしてきた女に敬称をつけて呼べと嘉一郎が厳しい口調で命じていた。

「は、はい」

「得心しておらぬようだな」

嘉一郎の詰問に答えられず欽一郎は考え込んだ。

長い沈黙だった。不意に、

「神石様、そなた様は西国の藩を出て武者修行をこの数年為してこられましたな」

と話柄を変えて問うていた。

「それがどうしました」

「武者修行は厳しゅうございますか」

嘉一郎は欽一郎の顔を正視すると、

「そなた、武者修行を考えておいでか。なんのためだな」

「神石嘉一郎様のように寸毫の油断もなき剣術家になるためです」

こんどは嘉一郎が間を置いた。

「欽一郎どの、厳しいかとの問いだが、人さまざまと答えるしかあるまい。武者修行に楽しいこともなくはない。だが、その一瞬後に苦しくも厳しい立場に陥っていることもある」

「それは油断したせいですか」

「万事を油断が決するわけではない。世の中を前に進めるのも後戻りさせるのも森羅万象が関わってのことだ。武者修行もまたしかり、厳しきこともあれば楽しきこともある。当人の覚悟次第かのう」

「当人の覚悟次第ですか、分かったようで分からぬ」

と欽一郎が首を捻った。

「ならばこう申し上げよう。考えるより動きなされ。他人から武者修行とはかようなものだと聞いても摑みどころがありますまい。ならば旅に出てみてはいかがか」

と欽一郎に問うたが返答はなかった。

「そなた、なにゆえ武者修行を為そうと思われましたな」

「神石嘉一郎様が武者修行を経て強くなられたことを承知して、それがしも、と考えました」

嘉一郎はしばし間を置いた。

「それがしと同じ経験がそなたにとっても良き結果を生むとは必ずしも言えませんぞ」

「どういうことでしょうか」

嘉一郎はふたたび間を置いた。欽一郎に考えさせるためだ。だが、長いこと待

って も返事は得られなかった。

「新庄欽一郎どの、そなた、最初に為さねばならぬことを避けて、武者修行という言葉に託《かこつ》けて逃げておられる」

「それがしがなにから逃げておると言われますか」

「新免花月どのを剣術の師範に仰ぐという一事からです」

嘉一郎の問いへの返答はいつまで待っても戻ってこなかった。

「剣術家を目指して修行する者が最初に為すことは一番為したくないことに敢然と挑むことです。そなたが越えねばならぬ試練は、新免花月どのを師範と仰ぎ、心身のすべてを尽くして花月どのの教えに堪えることです。そなたはそのことから逃げようとしておる、違いますか」

欽一郎は口を開きかけたが言葉にならなかった。

「剣術家を目指すそなたが最初に為すべきことは新免花月どのという山を乗り越えることです。それが出来なければそなたは剣術家もどきで終わります」

と嘉一郎が言い切った。

第四章　追っ手来たる

一

季節が変わろうとしていた。

道場ではいつものように厳しい稽古が繰り返されていた。

新庄欽一郎は白井亨師が主宰する味噌蔵道場に姿を見せなかった。

嘉一郎は淡々と独り稽古を続けていた。

ある日、道場主の白井師と視線があったとき、嘉一郎は自分から歩み寄り、

「白井様、それがし、己の立場を超えた節介をしてしまいました」

と声をかけ、詫びを入れようとした。

「新庄欽一郎の一件を申されておりますな」

と念を押した白井に嘉一郎は、

「はい」

と頷いた。が、白井亭はそのことに答えず、

「嘉一郎どの、久しぶりに稽古をしませぬか」

「師匠自ら指導して頂けますか」

「もはやお互いの業前は承知です。立ち合い稽古をしましょうか」

と白井は手にしていた竹刀でよいかという風に嘉一郎に見せた。

白井亭と神石嘉一郎の立ち合いは後々門弟たちの間で語り草になるほど一瞬の弛緩もなく緊迫感に満ちたものとなった。

両人は二度三度と竹刀を替えて立ち合いを続けた。それは相手を敬い、互いが全力を尽くしての立ち合いだった。

どれほどの間、両人の立ち合いは続いたか。

その場にあった門弟衆は最初こそ自分たちの稽古を続けていたが、途中から一人ふたりと稽古を止めて壁際に下がって正座し、白井師と嘉一郎両人の立ち合いを凝視した。それほど迫力に満ちた立ち合いだった。

ふたりの立ち合いを格別な思いで見たのは新免花月だった。そして、

（これが本物の立ち合い稽古だ）

と確信した。

眼前で死力を尽くすふたりを見ながら、もはや新庄欽一郎が道場に姿を見せないことなど考えるのは無益だと思った。真の剣術家を目指す者は己の考えに従い、修行をするしかない。そのことを白井亨と神石嘉一郎の立ち合いが教えていた。

欽一郎がそのことに気付いたならば味噌蔵道場に必ずや戻ってくると思った。

だが、この立ち合いを欽一郎は見ていなかった。

充実した立ち合いは半刻ほど繰り返され、阿吽《あうん》の呼吸で互いが竹刀を引いて一礼した。

対戦者に敬意をもっての立ち合いに道場にいた全員が心地よさを感じていた。

（かように気持ちよい立ち合いをいつの日かできようか）

と花月は己の未熟を恥じた。

白井亨と神石嘉一郎がこんな立ち合いを為して数日後、味噌蔵道場にひとりの女武芸者が姿を見せて、稽古を願った。

偶さか女武芸者に対応したのは新免花月だった。

背が高い訪問者は言葉遣いにくせがあった。そして、異国のものか衣装も絹地で華やかだった。そんな形で長い刀を背に負っていた。刀の拵《こしらえ》もふだん見ているものとはいささか異なっていた。

（異人だろうか）

とふと花月は思った。

むろん異人の女が鎖国下の江戸にいるはずもなかった。

（どうしたものか）

花月は迷ったがそのうえで、

（よしんば異人であったとしても、この場では和人の女としての応対を為すべきだ）

と咄嗟に考えた。

女同士、互いの心意を探るようにしばらく見合った。迷いを振り払うように訪問者が、

「わたし、道場破りではありません。味噌蔵道場は江戸一の剣道場と聞き、指導を仰ぎたくて訪ねてきました」

と訛りのある和語ながら丁寧な言葉遣いで花月に願った。即座に花月が、

「ようお出でになりました。天真伝一刀流白井道場は来る者は決して拒まぬ道場

です。お名前をお聞かせください」

と応じていた。

「キム・リーです」

相手も正直に本名を名乗った。

「キム・リー、さんですね」

と花月は問い直した。

「はい。越南《ベトナム》生まれのキム・リーです」

「ベトナムとは異郷ですね」

「はい。和国より船で何月も南に下った地です。清《しん》国の南にあって、和国のように南北に細長い地がわが故郷です」

新免花月は異人キム・リーの故郷の越南を想像しようとしたが、なにも浮かばなかった。ともあれ初対面の異人にどう対応すべきか思案した。ともかく相手のことをもっと詳しく知るべきだと考えた。思い付いた問いは、

「キム・リーさんの名には意味がありますか」

というものだった。

「はい、越南に住んでいる和人にキム・リーとは和語で『美しい花』の意と教え

られました」

当惑する花月に比べて相手は真っ正直だった。

「キム・リーさん、美しい名前だわ。わたしは新免花月です。こう書きます」

と花月はキム・リーの手をとり、掌に書いてみせた。

「花と月、あなたの名もなんて美しいんでしょう」

「キムさん、いや、キム、わたしたちふたりの名にはどちらにも花という字が入っているのよ、まるで姉妹のようね。それにしてもどうして和語を上手に話すことができるの」

と質した。

「カヅキ、わたしの故郷の越南ホイアンは古から和人と深い関わりがあるの。和人町があり、和人の墓地もあるのよ。わたしはこの地に住む和人たちから和国の言葉を習ったの、幼いころからね」

「驚いたわ。わたしったらなにも知らないのね。これを機会にあれこれとあなたのお国のことを教えてください」

と恥じた花月の好奇心に火がついた。そして、

（あら、キムが道場を訪れたのは異郷の話をするためではないわ、入門志願だっ

た）

と思い出した。

「キム、武術が好きなのね」

「ええ、わたしの一族は昔から交易で暮らしを立てています。異郷でなにか起こったとき、抗うための武術をなにか習うことは、男にも女にも課せられる一族の使命、習わしです。越南の武術は素手が主ですが、鎖や手槍や金槌のほか、その辺にある仕事の道具は何でも武器として使います。わたしが剣術を覚えたのは、日本への道中の清国の湊町でした。教えてくれたのは」

と言い掛けたキム・リーが不意に話を止め、

「カヅキ、あなたとの問答、他の人に漏らさないでくれませんか」

と願った。

異人のキム・リーならば当然の用心だったが、同じ年頃の花月と話しているうちにうっかりと忘れていたことを、思い出したようだ。

「味噌蔵道場にはいろいろな門弟がおられます。道場主の白井亨様は、道場におるときは身分の違いや出自に関わる発言をしてはならぬと、すべての門弟衆に厳しく命じられているの。そうね、あなたがこの道場の入門を願う場合、まず異人という立場を忘れねばならないわね。それでいいの」

しばし間を置いて、こくりとキム・リーが頷いた。

「本名のキム・リーはこの江戸では使えないわよ。当面使う名前を考えなきゃならないわね。何か考えがある」

「直ぐに思い付かない。カヅキ、どうしよう」

新免花月がしばし考え、

「あなたの本名、キム・リーは美しい花の意だったわね、和語で美しい花と書いて、美花《みか》とよばれるのはどうかしら」

「美しい花と書いてミカ。和国でのわたしの名前はミカなのね、覚えたわ」

とキム・リーが言い、

「カヅキ、わたしはもはや美花という和人よ。お願い、道場に入門させてくれませんか」

「美花、弟子のひとりのわたしにはあなたの入門を許す権限《ちから》などないわ。すべては道場主の白井亨様がお決めになることよ。わたしからまず師匠に話してみましょうか。それとも自分で話す」

「あなたはどう思う」

と美花から花月は問い返された。

「美花、あなた自身の大事よ。決めるのはあなた一人しかいないわ」

「そうか、わたし自身が決めねばならないことなのね」

と自分に言い聞かせるように言って、

「こんな風にあれこれと話し合い、和名まで考えてくれたカヅキがわたしにとって最初の和人、友だちよ」

と添えた。

初対面のふたりの若い娘は互いの眼を見合い、頷き合った。

「この次、わたしはなにをすればいいのかしら」

「味噌蔵道場に入門するには師匠の白井亨様にわたしに話したようにすべてを正直に告げるべきね。そう、白井師匠は和人としても剣術家としても信頼してもよい人物よ。自分の出自や気持ちをすべて正直に話し、師匠の許しを得たうえで入門するの。でもその折りに」

と花月が言葉を止めた。

「なにか為さねばならないことがあるの」

と美花ことキム・リーが新免花月に問うた。

「美花、あなたはうちの道場に入門したくて訪れたのよね。となると、まずあなたの技量が試されるわ、すべてはそれからよ」

花月は、出会いの直後の正直な告白からキム・リーの技量が並みではないと感じていた。

「いいわ。わたしのすべてを曝《さら》け出して師匠にお願いするわ」

と美花が言い切った。

新免花月は美花を従えて道場に戻り、道場主の白井亨の前に立った。

白井亨が無言でまず花月を見た。

「師匠、当道場に入門したいという美花さんです」

と口添えする花月から入門希望者に白井が視線を移した。

「ただの女子とも思えんな」

と独語した。

白井亨の周りには偶さか師範方も門弟もいなかった。

「師匠、美花さんは異国越南の生まれです。本名はキム・リーと申されます」

白井は美花を正視し、

「異人の女子がわが道場に入門したいと申すか」

「白井先生、ぜひとも入門をお許しください」

「なんのために剣術を習いたいのかな」

「わたしが、そしてわが一族が越南で生き残るためにです」

と答えた美花は花月に話した入門の動機をさらに克明に告げた。訥々《とつとつ》とした異人訛りの説明を聞いた白井亨が、

「玄関先の話が長引くのも宜《むべ》なるかな」

と洩らした。

「は、はい。わたし、異国の事情をなにも知らないもので長引いてしまいました」

「花月、つまり美花ことキム・リーは一族を守るため、越南から武芸習得に訪れたというのだな」

白井亨が念押しした。

「はい、わたしの本名はキム・リーです。それは江戸で使うことはできないと思い、カヅキさんと話し合い、美花という和名を向後使うことを選びました」

と述べ、

「師匠、弟子のわたしが僭越《せんえつ》にも勝手なことをいたしました」

と花月が言い添えた。

「余計なことかどうか、江戸で異人キム・リーとして暮らすのは無理だからな」

「ゆえにキム・リーは美花に生まれ変わりました。すべては味噌蔵道場で和国の武術を修行し、越南の一族が生き残るためです」

と花月が言い添え、しばし熟慮した道場主が、

「そなたらの知恵、道場主のわしも聞き入れざるを得んな。うちの道場に一歩入ったときから、そなたは美花であったのだ、よいな、ご両人」

「感謝申し上げます、お師匠様」

と美花が深々と一礼した。

「さあて、うちの道場に入門するにあたり、習わしがあったな、花月」

「師匠を始め、門弟衆に技量を披露することです」

「いかにもさよう。だれが相手すればよいかのう」

と白井が女門弟の新免花月を見た。いつもなら師匠の白井が瞬時に、

「だれだれと立ち合ってみよ」

と命じるところだ。

当然のことながら味噌蔵道場の大半は男子の門弟だ。女子は六人が白井道場に

在籍していたが、毎日稽古に来るのは新免花月ひとり、残りはその日次第であった。

この日も女子は花月ひとりだった。ゆえに、相手はだれがよいかと、道場主の白井が花月に尋ねたということは、男子を含めてだれがよいかと質しているということだと花月は考えた。

「美花の異国剣法を見極める男門弟なれば数多《あまた》いよう。だが、事情を知らぬ男子門弟と異人の美花の立ち合いは避けたいのう」

と呟いた白井の口調は、美花の武術の技量がそれなりのものと確信しているようだった。

「花月、そなたが相手せよ」

「わたしでは力不足です」

「さあてどうかのう。そなたら、好敵手になるのではないか」

と白井が言った。そこで花月は美花を振り返り、

「わたしが相手をさせて頂きます」

と言い、

「お願いします」

と美花ことキム・リーが応じていた。

花月は美花が生死をかけた真剣勝負の経験があると察していた。

「美花、道具はなににする。竹刀、木刀、どちらがいい。真剣を使うのは師匠の許しがいるわ」

「カヅキ、木刀で願います」

と美花が即答した。

花月はそのことを予測していたが、緊張が五体を走り抜けた。女門弟同士が木刀稽古を為すのは滅多にないことだった。

「ご両人、わしが判じ方を務めよう。よろしいか」

と道場主がふたりの女武芸者に尋ねた。

「お願い申します」

と美花が応じ、新免花月が黙礼した。

美花と花月が木刀を手に向き合ったとき、花月が対戦者に歩み寄り、

「美花、ひとつだけお願いがあるわ」

「どのようなことかしら」

ふたりの問答を判じ方の白井亨一人だけが聞いていた。

二

三人が向き合う場をしばし沈黙が支配した。

嘉一郎は対決する両人と判じ方の白井の三人に密かに近付いていた。女同士の勝負を間近で観察したかったからだ。

「異人のあなたはわたしの何倍も修羅場を潜っているわね。真剣勝負も経験していると思う。違うかしら」

と花月が覚悟を決めたように忌憚《きたん》ない問いを発した。すると美花ことキム・リーも正直にこくりと頷き、肯定した。

「美花、剣術ではわたしたちに力の差があるのは承知よ。でも、どうか全力を尽くしてわたしと立ち合いをしてほしい。決して手を抜かないで」

と花月が願った。

その言葉を聞いた美花は、

(カヅキも並みの技量の持ち主ではない)

と直感した。

ふたりの女武芸者の言葉を聞いた白井亨は、

（ふたりの間で違いがあるとしたら、花月に真剣勝負の経験がないことだ）

と思った。

木刀を手に対峙するふたりに、

「ご両人、わしからちと願いがある」

と言い出した。

この期に及んでなんの願いか、と美花も花月も考えながら白井を見た。

「そなたらふたりともになかなかの技量の持ち主だ。いや、女だからという話ではないぞ、ご両人ともわが道場の高弟を相手にするだけの力を持っていよう。長いこと味噌蔵道場を主宰してきたわしの忌憚のない見方だ」

立ち合いをするふたりの女が白井の提案に耳を傾けて、言葉の先を待った。

「そなたら、相手を打ち負かしたくて立ち合うわけではあるまい。互いの修行の違いを知りたくて立ち合いを為すのではないか。ならば木刀を竹刀に替えて存分に互いの力と得意な技を出し合わぬか」

と白井はふたりを交互に見ながら言った。

その言葉を聞いた花月が一瞬戸惑いを見せたが、師匠の提案に首肯した。一方の美花もまた、木刀を竹刀に替えることを素直に了承した。

「そのうえで両人に質す。わしが立ち会ってよいな」

と締め括った白井に、異人の美花が、

「白井先生、わたしのような飛び込みの新入りとカヅキさんのような道場の門弟衆の立ち合いを道場主自ら裁かれますか」

と質した。

「いや、道場主のわしがかような場に立ち会ったことはない。異人の女武芸者の業前と駆け引きを知らぬゆえ間近から見たかっただけだ」

と言い訳をした。そして直ぐに、

「理由は他にもある。正直に申すと弟子である花月の身を案じておるのも確かだ」

と言い添えた。

ふたたび場に沈黙が戻ってきた。

「師匠、わたしも美花さんに太刀打ちできないのは重々承知しています。でも、異人の武術がどのようなものか知りたいのです。剣術家の端くれとしてのわたしの正直な望みです」

沈黙を破って発言したのは花月だった。花月の言葉に白井が頷くと、こんどは美花が口を開いた。

「カヅキさんとわたしのふたりの間に、技量や体力や気力の大きな差があるとは思えません。ただひとつ違いがあるとしたら、わたしに真剣勝負の経験があることでしょうか」

とこちらも正直な気持ちを開陳した。

美花の言葉を聞いた白井が、

「真剣勝負の経験があるかなしかは剣術家にとって大いに違うな。だが、そなたら両人の忌憚のない言葉を聞いて、花月の師であるわしが判じ方を務めるのは、なんとも余計な行為であったと反省しておるところよ」

と正直に言った。そして、視線を花月に向けると、

「花月、和人を装う美花どのではのうて、越南人の剣術家キム・リーどのと本気の立ち合いを願え。そなたにとって未だ経験したことのない立ち合いになるはずじゃ」

と女弟子に告げた。

場に新たな緊張が奔った。

白井亭の言葉は花月ばかりか異人の美花にとっても聞き流すことは出来なかった。

花月は両眼を閉ざして沈黙した。長い沈黙のあと、両眼を見開いて師匠を直視し、

「畏まりました」

と答えると視線を美花に移し、

「立ち合いを願います」

と乞うた。

白井の言葉には異人の女武芸者キム・リーを敬うと同時に、花月の身を案ずる思いが漂っていた。

神石嘉一郎は感動した。

女同士の勝負を察してこの場近くに控えていた藤堂師範代が、腰に吊るしていた竹の呼子を手にして吹いた。

高い音が味噌蔵道場に響きわたり、稽古をしていた門弟衆が壁際に下がった。場に残ったのはふたりの女剣術家と道場主の白井亭の三人だけだ。嘉一郎もやや離れた場所に控えた。

白井が無言でふたりの対決者を促すと、両人が頷き合った。そして、異人の女武術家と味噌蔵道場の女門弟が向き合った。

土間床の道場で対決する花月は履きなれた足袋だった。異人の美花は足首まである薄革の沓《くつ》だった。

白井は、ふたりの表情を確かめた。

両人とも淡々とした表情で平静であった。

長い対峙の始まりだった。

「参ります」

花月が美花に声をかけて、竹刀を正眼に構えた。

一方背丈のある美花は同じ正眼の構えながら、花月よりも竹刀の先端を高く置いていた。ために美花の竹刀は花月を見下ろすように構えられていた。

両人は視線を交えて静かに息を吐き合った。

長い睨み合いだった。

相手よりも経験も技量も未熟と悟った花月は、

「先の先」

を取ることを考えていた。だが、美花は花月の考えを察したか、高い構えの竹刀を花月に合わせた。

　これで花月は先手で仕掛けることはできなくなった。

　広い道場では立ち合い稽古を為している門弟衆もいた。あるいは道場の片隅で木刀の素振りをしている者や壁際の控えに座して稽古の疲れを鎮めつつ、呼吸を整えている門弟もいた。

　そんな面々が女武芸者の対決に気付いて視線をやり、

（おお、これは）

と己の稽古は忘れて見入った。

　判じ役を務めていた白井も動きがつかないふたりに声を掛ける術《すべ》もなかった。道場にいるすべての門弟が沈黙したまま、ふたりの女武芸者に見入っていた。

　かように緊迫しながらも静謐《せいひつ》な対決を味噌蔵道場の高弟らは初めて見た。

　男同士の対決は、勝つか負けるか、凝縮した闘争心しか感じられなかった。だが、眼前の女ふたりには、

「勝ち方、あるいは負け方」

　に拘る想いが強く漂っていた。

「勝敗」を超え「芸」を創造しようとするふたりの想いを嘉一郎は受け取った。

不動のふたりが動いたのは、両人が対峙して四半刻近くが過ぎた頃合いだった。

阿吽の呼吸で美花と花月が同時に勝負の境に踏み込んだ。

竹刀が絡み合い、乾いた音が続けざまに響いた。

両人はほぼ不動の位置にて竹刀を揮い、攻めたかと思うと守りに転じていた。

攻守の転換は間断なく繰り返された。ふたりの力と決意が漲《みなぎ》り、どちらも相手を一気に凌駕する勢いを持ちえないことを示していた。

嘉一郎はなんとも気持ち良い立ち合いだと思った。

両人が生み出す攻守は独りよがりではなく相手の動きと連動していた。

(見事な打合いかな)

とか、

(男の武芸者の立ち合いとは雰囲気が異なるな、われらには醸し出せぬ何ものかに満ちている)

とだれしもが胸をうたれていた。

緊迫した立ち合いの時がどれほど流れたか。

花月の動きが変わった。明らかに美花の技量と豊富な経験に押されてぎこちないものとなった。

判じ方を務める白井亭がこの立ち合いを止めるべきかと思ったとき、花月が美花の攻めを最後の力を振り絞って避け、不意に飛び退り間合《しさ》いを空けて竹刀を引いた。

「ご指導ありがとうございました」

と美花に向かって深々と一礼した。その顔には力と技とを出し尽くして対応した満足と悔しさが漂っていた。

美花もまた相手を圧倒したとは考えていなかった。花月の捨て身の攻めにいつまで抗えるか、わからなかった。

白井亭が両人を呼び寄せると、

「見事な立ち合いを見せてもらった。わしは、間近でそなた方の立ち合いを見せてもらったことを終生忘れまい」

とふたりの顔を見ながら言い切った。

両人にとってこれほどの褒め言葉は考えられなかった。

この立ち合いの翌日のことだ。

神石嘉一郎は白井道場に向かうため日本橋川を渡っていた。未だうす暗い刻限、七つ（午前四時）前だった。

嘉一郎は日本橋の向こうに千代田城と白い雪を頂いた富士山を望む景色が大好きだった。

江戸橋を右岸から左岸に渡るとき、足を止めてその方角、西を振り返り、未明の景色を楽しんだ。

道場に向かって歩き出すと、大川の方角から漁師船が何艘も魚河岸に向かって来るのが見えた。

ふと見ると味噌蔵道場の表に旅の最中と思しき武士一人が佇んでいた。

門弟ならば戸締りをした道場の入り方を承知しているはずだ。だが、旅姿の御仁はひっそりと待っていた。

日本橋川の常夜灯のかすかな灯りが武士の横顔にあたった。

（覚えのある人物ではないか）

嘉一郎の旧藩、豊後国佐伯藩に関わりのある人物だった。

家宝の銘刀を密かに持ち逃げした毛利家の庶子、助八郎から刀を取り返すことを中老に命じられたのは佐伯藩の浦奉行下野江《しものえ》睦《むつ》だった。幾年か前のことだ。

「下野江睦様ではございませんか」

と声を掛けると振り返った相手がしばし嘉一郎を凝視し、

「おお、そのほうは嘉一郎、神石嘉一郎であったな」

「いかにも元佐伯藩下士の神石嘉一郎にございます」

と応じた嘉一郎は弱々しい常夜灯の灯りでしかと確かめた。下野江はよく見ると杖を突き、嘉一郎の知る人物よりやせ衰えていた。

「下野江様、江戸に、白井道場に訪ねてこられましたか」

「おお、いかにもさよう」

「まさか毛利家の家宝の刀を追っかけてのことではありますまいな」

と質した。

「それ以外、それがしが佐伯藩に帰藩できる手だてはないわ」

下野江は佐伯藩で家宝と称された刀の行方を追ってなんと江戸に、それも嘉一郎が師範代を務める白井道場の門前に立っていた。そして言動から察するに下野江は、家宝と称されてきた刀が偽物ということを未だ知らぬらしい。

「下野江様、白井道場に知り合いがおられましたか」

嘉一郎は話柄を変えて問うた。

「いや、白井亨師の道場は、味噌蔵道場との異名で呼ばれて江戸で名の知られた名高き武道場と聞いた。ゆえにもしやして毛利助八郎が門弟として通っておらぬかと考えて訪れたのだ。そなた、白井師の道場に入門しておったか」

「師範方の一人として門弟衆の指導をしております」

「なに、師範方な、なかなかの頑張りかな」

と下野江が褒めた。だが、声音に心情が感じられなかった。下野江にとっての大事は家宝の刀の行方しかないのだ。

「数多の師範方のひとりに過ぎませぬ」

と応じた嘉一郎は下野江に毛利家の家宝の刀がもどき、つまり偽刀だということを告げるべきかどうか迷った。

佐伯藩を出て以来、幾歳月、偽刀とは知らず本物と信じて追い求めてきた下野江に真実を告げるのは非情に過ぎた。だが、この場をなんとか糊塗《こと》したとしてもいつかは知れる。向後無益な追跡行を続けさせるのは下野江にとって過酷だと承知していた。

「下野江様、われらふたりだけで話し合いませぬか」

「家宝の刀のことか、それとも毛利助八郎の行方を承知というか」

「はい、そのふたつに関わることにございます」

「良き話か悪しきことか」

と杖にすがった下野江の体が揺らいで、嘉一郎が咄嗟に痩せた五体を支えた。

「おお、すまぬのう。佐伯藩を出て以来、幾年になるか数えることは止めた。そのうち金子に窮してのう。もはや身内からの助けを断られておったでな。最後の手立てで、泉州堺の町道場に道場破りを試みたのよ。大した剣道場とも思えなかったが、若い師範代にあっさりと竹刀で殴られ放題に叩かれた結果が、この様《ざま》よ」

と下野江の告白は淡々と続いた。

嘉一郎は下野江に苦労道中をこれ以上させてはならぬと思った。

「この界隈は江戸一番の魚河岸があるせいで、食い物屋は朝が早うございます。どこぞで飯でも食いながら話をしませぬか」

という嘉一郎の言葉に下野江は即答しなかった。

所持金を考えての事かと嘉一郎は考え、

「下野江様、それがし、昨日白井道場にて給金を頂戴したばかりです。ざっかけない食い物屋につけの金子を支払わねばなりません。こたびのめし代もいっしょに支払います」

と断り、馴染みの食い物屋に下野江を連れていった。

店は仕込みの最中だったが、

「おや、嘉一郎さんよ、未だ朝餉の仕度はできてないぜ」

と老爺の亭主が言った。

「ご亭主、しばしの間、店の片隅で昔の知り合いと話がしたいのだ。朝餉は用意ができたときで構わぬ」

「ならば好きなところに座っていねえな、茶は自分で淹《い》れてくんな、茶葉はどこにあるか知っているな」

「承知だ」

と帳場から話が聞こえた店の外の縁台にふたりは座った。

「下野江様、つい最前良き話か悪しきことかと尋ねられましたな。前もって申し上げるとそなた様にとって良き話とは思えません。それがしの話を聞かれたら下野江様の旅は終わりになることは確か。そのことが良い方向につながるとよいのですが」

という嘉一郎の言葉を聞いた下野江がなんともいえない表情を見せた。長い沈黙のあと、

「なんの益も生まなかった旅が終わるか」

と洩らしてふたたび黙り込んだ。

下野江は藩の銘刀が偽物ということに薄々気付いているような気がした。それほど長い歳月、一口の刀を追いかけてきたのだ。考える暇は十分あった。

嘉一郎は下野江が沈黙していた間に茶を淹れて、差し出した。

「神石嘉一郎、そなたが口にせぬ話を推量しようか」

「お分かりですか」

「毛利家の家宝、先代の妾腹の毛利助八郎が藩の刀蔵から持ち出したという家宝の一剣、もどき、偽物であったのと違うか」

嘉一郎は即答できなかった。

長い沈黙のあと、こくりと頷いた。

「いつしか日にちを数えるのは止めたが、その分、あれこれと思案した。家宝とやらの銘刀についてどれほど思案してきたか。江戸を始めとして刀屋を訪ねまわり、銘刀を知るにつれ、佐伯藩に本物の宝刀があるわけがないと気付いたのだ。そのことを思い付くのにさほど長い歳月は要しなかったわ。あの折り、刀を追う旅を止めておれば、それがしの生き方は変わったかのう」

と洩らした下野江の両眼が潤んでいるように嘉一郎には思え、眼差しを江戸の空に向けた。

三

神石嘉一郎は下野江睦を白魚河岸の長屋に連れ帰り、そのあと、近くの湯屋に案内した。

「下野江様、半刻後にはこちらにそれがし、戻って参ります。ゆっくりと湯に浸かっていてくだされ、着替えなどを調達して戻って参りますからな」

と番台の番頭新三《しんぞう》にも話を聞かせるように声音を張り上げて下野江を仕舞湯に入らせた。その様子を見届けた嘉一郎に、

「西国だったな、嘉一郎さんの故里はな」

と番台の新三が問うた。

「豊後国の小さな大名領でな、佐伯藩だ。あのお方はそれがしの上役だった御仁だ」

「なんだかよ、不幸のかたまりといった顔付きだな」

と言った新三にしばし迷った末に、

「わが旧藩の話だ。他所には洩らさないでくれないか」

と嘉一郎は前置きすると新三が首肯した。自分でもこの一件を思い出して整理したいと考えたからで、人柄を承知の新三に願った。

瞑目した嘉一郎はしばし沈思した。

「何年も前のことよ、藩の刀蔵から家宝と称される刀が消えてな、それを取り戻せと上役に命じられたのが下野江様だ。そんなわけで紛失した刀を追っかけて藩を離れて長い歳月、旅から旅の暮らしをしてこられたのだ。だが、そんな最中、刀は偽物で、取り戻したとしても益なきことが分かった。下野江様は、そのことを最前まで、それがしが事実を説明するまでしかとは知らずにおられたのだ」

と嘉一郎は懇意の番頭に小声で告げた。

「なんてこった。何年も無益な旅暮らしをしてきたってか。大名家の家来といったって、てえへんな暮らしだな。それでよ、あのお方、昔の藩に戻れるのか」

「さあてな、未ださようなことは話し合うておらぬ。だが、藩に帰っても快く迎え入れてくれるとも思えぬ」

嘉一郎はそう口にしながら今晩話し合うことになろうと思った。

「それがし、懇意の古着屋を訪ねてな、差し当たってあれこれと買い求めてこよう。何年も一着の道中着で過ごしてこられたせいか、体からも髷からも衣類からも臭いが漂ってきてな、うちの長屋で同居するのは、ご免だ」

「な、なに、最前からくさい臭いがすると思ったら、あの客かえ。嘉一郎さんよ、ちったあうちの迷惑も考えてくれないか。長屋の井戸端でよ、まっ裸にしてよ、頭髪から五体まで下洗いしてうちに連れてきねえな」

「そう申すな。それがしだって、仕舞湯ならば客もいまいと思って、気を使ってこの刻限を選んだのだ。まあ、客がいたとしてもいつもの年寄りばかりで臭いなど気付くまい」

と嘉一郎は言い訳したあと、馴染みの古着屋を訪ねることにした。

そのとき、下野江はかかり湯をゆっくりと使っていた。

半刻後、すでに暖簾を下ろした湯屋に戻ってくると、下野江睦は脱衣場の床にぺたりと座り、煙管《きせる》で刻みを吸っていた。裸のうえに湯屋から借りたか古着の浴衣を羽織っていた。番台にはだれの姿もなかった。

「おお、戻ったか、嘉一郎」

「下野江様、褌は新しいですが、衣服は木綿ものの着古したものですぞ。むろん洗濯はしてございます」

と古着屋の言葉をそっくりと返した。

「下野江様、古着の代金ですが二百八十七文でした」

嘉一郎は遠回しに代金の請求をしたつもりだが、

「さようか。江戸はあれこれとあって便利じゃのう」

との平然とした声音が返ってきただけだった。

「恐縮でございますが衣類の代金をお願い申します」

「なにっ、旅暮らしで苦労してきたこのわしに代金を乞うつもりか、残念ながら一文の持ち合わせもなくてな。わしの巾着に金子が入った折りに払うわ」

「下野江様、まさか一文無しで旅を続けてこられたわけではありますまい」

と念押ししてみた。

「最前のわしの姿を見たであろうが、ぼろ着暮らしを見れば文無しということが察せられよう。藩に帰って金子を頂戴した折りに利息をつけて払うでな。それにしても豊後佐伯藩の浦奉行下野江睦、江戸で一文無しの古着暮らしか、哀れかな、哀しいかな」

と大げさな口調で形ばかり慨嘆した。

「ところで最前まで着ていた衣服はどうされましたな」

「おお、あれか、湯屋の番頭に見せたら、洗濯をしてもとても着られる代物ではないそうだ。直ぐにびりびりと破れると、抜かしおったわ」

嘉一郎は無人の脱衣場で買い求めてきた真新しい下着と木綿の小袖と筒袴の古着を差し出した。

「おお、すまぬな」

と口先だけで詫びた下野江が着ていた浴衣を脱ぎ、嘉一郎が差し出した古着に着替え始めた。

そのときのことだ。

だれも居なくなった女湯の脱衣場から番頭の新三が顔を覗《のぞ》かせて、嘉一郎に向かって、おいでおいでと手招きした。

なんの用事だと首を傾げながら、嘉一郎が無人の女湯の脱衣場に入ると新三が、

「あの御仁と親しいのよな、信頼していいのだよな」

「親しいかと聞くか。それがしの元上役ゆえそれなりに信頼はしてよかろう」

その言葉を聞いた新三が、

「おめえさん、最前の古着代をもらったかえ」

「いや、一文の持ち合わせもないゆえ、巾着に金子が入った折りに払うと断られたわ」

「一文無しね、おめえさん、その言葉を信じたか、甘いね」

と言い放ち、足元に置かれたぼろ布を足先で蹴った。すると臭いがぷーんと漂ってきた。

「その塊は下野江様が着ていた衣服かな」

「へえ。これを見なせえ」

と古着を指先でつまんで広げ、襟元を見せた。刃物で切ったような痕が襟にあった。

「なんだ、これは」

「嘉一郎さんよ、あの御仁、襟の中や帯の間にね、少なくとも十両は隠し持っていたね」

と新三が驚きの言葉を放った。

「そんな話があるものか、あのやせ衰えた体を見たであろう」

「旅暮らしであれこれと知恵を付けてよ、用心に用心を重ねてきたんだな。昔の部下のおめえさんも騙されてんだよ」

無言で隣の男湯の脱衣場にいる下野江を見ようとした。だが、壁の向こうが見えるわけもない、下野江がどうしているか分からなかった。

「十両もの大金を、下野江様はどうやって得たんだろうか」

と嘉一郎は自問した。

「さあてそいつは分からねえ。だがよ、いま締めている帯はこたび古着屋でおめえさんが購《あがな》った品ではなく前々からのあの御仁の持ち物だな」

「と思うがな。こたび帯は買っておらぬでな」

「帯の間には小判を隠しもっていたね、むろん今もさ。よく見てみな、帯と襟元だぜ」

湯屋の番頭が言った。

言葉を失った嘉一郎に新三が、

「難儀の旅暮らしでよ、人は変わるぜ。嘉一郎さんは信頼しているようだが、下野江というのか、あやつ、間違いなくそれなりの金子を隠し持っているぜ。いいかえ、湯屋の番頭ってのはな、初めての客の懐具合を見抜くのが仕事だ。おれの見方を信じな、それともあやつの言葉を信じるかえ」

と言い切った。

嘉一郎は無言で頷きながら、どうしたものかと思案した。

「おめえさんの長屋に連れ帰るんだな。その折り、あやつの行動を窺うのだ。とくに帯だぜ」

と新三がさらに言い添えた。

嘉一郎は白魚長屋に下野江を連れて帰る途中、

「下野江様、どこぞで夕餉を食していきませんか。男の独り暮らし、食事など拵えることはできませんでな」

「おお、いいな。腹も減っておるわ」

と下野江が思わずぽんぽんと帯を叩き、

「嘉一郎、承知のようにわしは」

「無一文でしたな」

「そういうことだ」

「向後、どうなさる心算ですか。わが長屋もそれがし一人の店賃《たなちん》で借り受けております。そなた様がうちで暮らせるのは精々二日か三日ですぞ」

「なに、江戸では長屋住まいはさように厳しいか」

「はい」

と即答した嘉一郎に、

「江戸にな、知り合いがおってな、なにがしか金子を貸しておるわ。明日にも訪ねて借財を返してもらおう」

と下野江が急に思い出したように言った。

「まさか佐伯藩江戸藩邸の家臣ではありますまいな」

「もはや旧藩の連中と付き合いはない。嘉一郎、そのほうが知らぬ御仁よ。すまぬが数日の間でよいわ、そなたの長屋に住まわせてくれ」

と下野江が願い、嘉一郎は首肯するしかなかった。そんな下野江を馴染みのめし屋に連れて行った。

めし屋の男衆に下野江が、

「冷やでいいわ、酒を大徳利で呉れぬか」

と願った。

「下野江様、明日、金子が確かに入るのですな」

「おお、案ずるな。そのほうに迷惑をかける真似はせぬ」

と言い切った。

下野江はほぼ一人で大徳利の酒を二本、およそ五合ほどを飲んで口が軽くなったように嘉一郎には思えた。

「江戸で暮らされる心算ですね」

「おお、明日金子が入ったらそなたの長屋を出ようと思う。どこぞに空き部屋を知らぬか」

「空き部屋ですか。江戸では初めての店子には保証金や請人《うけにん》を求めますぞ。どなたか居られますか。それがしなどは無理ですよ。江戸に代々住まいしてきた住人が請人でなければ長屋は借りられません」

と嘉一郎は前もって断った。

おお、と言い掛けた下野江が、

「となると明日会う知り合いに願ってみよう」

「そうなさるのがよろしゅうございましょう」

「嘉一郎、そのほうの長屋に空き部屋はないか。場所もいいし、良い長屋ではないか。店賃はいくらだな」

「下野江様、わが長屋に空きはありませんな。まずはそれなりの金子を造り、請人を見つけられることです」

「どうしてもダメというか」

「はい。それがしのような在所育ち長屋住まいでは、請人として江戸ではだれも認めてくれません」

と嘉一郎は用心に用心を重ねて下野江に言い切った。

「明日会われるお方に願われることですね」

ううーん、と呻った下野江が、

「致し方ないか」

と洩らした。

「神石嘉一郎、そのほう、江戸でどのような仕事をしておるな」

「助太刀稼業と呼ばれておりますが、命を張った用心棒稼業です」

「用心棒じゃと、稼ぎはいいか」

「このご時世です。仕事を果たしたにも拘わらず約定した金子を支払ってくれぬことがしばしばあります」

「なに、前渡しではないのか」

「前渡しというてもほんの雀の涙でしてな。刀を振り回して血を見る稼ぎ仕事をしても金にならぬことがしばしばです」

「ううん、江戸も厳しいな」

「おお、思い出したことがあります。うちの長屋の差配があすにも長屋の見廻りにきます。それがし、このところ店賃を三月溜め込んでおりましてな、追い出されかねません。下野江様、なにがしか」

と言い掛けた嘉一郎が、

「お金はお持ちではございませんでしたな。しかし、明日には金子が入ると申されましたな。少しばかり融通してくれませぬか。それがし、この飲み代を支払う銭もあるかなしか」

「嘉一郎、他人の懐に入るか入らぬかわからぬ金子を当てにしおるか。まあ、明日、銭が入ったのち、考えさせてくれ」

と下野江が軽々しくも言い放った。

翌朝、白魚長屋から下野江睦の姿は消えていた。

湯屋の番頭の新三の見立てでは下野江は十両余の大金を所持しているらしい。そんな下野江は嘉一郎の懐具合が困窮していると聞き、白魚長屋に同居していても碌《ろく》なことはないと考えたか、さっさと逃げ出したようだ。

嘉一郎は差配が見廻りに来るなど虚言を弄した己を悔悟した、同時に長屋に気軽に昔の知り合いを連れてくるものではないと反省した。

　毛利助八郎もこの長屋に連れてきたことがあったが、やはり連れてきたことを後悔し、寝ぼけた助八郎を連れ出して、鉄砲洲の荷船の中に置き去りにしてきたことを思い出した。助八郎は、

「予は毛利家の若殿だ、そのほうとは主従である」

と威張ったり、自分を「もどき」と知らぬ江戸でつまらぬ見栄を張ったりしていたものの、置き去りにした嘉一郎に文句を言ってくることもなく、しばらく姿を現さなかった。

　いまは江戸のどこでどうしているのか、毛利家の若様には似合わぬ腰の軽さと、恥ずかし気もなく他人に無茶な頼みをしながら生きている助八郎のことを、嘉一郎は久しぶりに思い出していた。

　毛利家の家宝と思い込み持ち出した刀が偽物だとわかった後も、

「この偽物のもどき古備前友成《ともなり》がまるで妾腹のそれがしのようでな、愛おしいのだ。いつの日か、この友成がそれがしに何かをお返ししてくれる気がするのだ」

などと洩らしていた。

　かと思えば、金子を欲して法外に高い値で売ろうとしたりもしていた。いま、

あの友成は助八郎の手元にあるのだろうか。

そんな物思いにふける嘉一郎がふと前を見ると、なんと目の前に毛利助八郎が立っているではないか。

「助八郎どの、いまそなた様のことを思い出していたところでござった。もどき友成はまだ持っておられますかな」

と言いながら嘉一郎は助八郎の腰に目をやった。

「おお、嘉一郎よ、やはりこの『もどき友成』とは離れがたくてな。七十五両で購うと言われて売ろうとしたこともあったが、この通り未だ売ることもなく一緒に生きておる」

「そうでしたか。昨日実はこの白魚長屋に、佐伯藩の浦奉行下野江睦さまがいらしたのです。今朝になったら、姿を消されておりました」

それを聞いた助八郎は、

「承知しておる。それがしも実は、久しぶりに今朝ほどこの長屋を訪ねてきたところ、あの下野江が長屋からこっそり出てきたところを見かけてな。あやつは、このもどき友成を取り戻すためにそれがしを追いかけてきたのであろう。見つかってはならぬと慌てて隠れておった」

と用心深くあたりを見回しながら囁いた。

「そろそろ大丈夫と思って、出てまいったのですかな。しかし助八郎どの、もうその心配はなくなったのでございます」

嘉一郎がそう告げると、助八郎は、

「なに、どういうことだ嘉一郎。下野江はもうそれがしを追ってこないということか」

と安心したか、急に持ち前の大きな声で聞いた。

「下野江どのは、毛利家の家宝と称されてきた刀を助八郎どのから取り戻すべく、佐伯藩を出て江戸まで追いかけてきたものの、刀屋を訪ねまわっているうちに、あれが本物の名刀であるはずがないことに気づいたそうです。あれは、もどき、偽物であるのではないか、と、自分からそうおっしゃいました」

「もどき友成と気づきおったか。それで下野江はどこに行ったのだ」

問われた嘉一郎は、下野江が古着代も払わずに姿を消したことを助八郎に告げるべきか迷ったが、

「下野江どのがどこに行かれたのかはわかりませぬ。金子にも困窮して疲れておられたので、ひとばん長屋にお泊めしましたが、最前申し上げたように、今朝に

なると姿を消されていました」

　とだけ言った。

「そうか、消えおったか。毛利家の宝刀を取り戻して佐伯藩に帰るという望みを失ったものな。下野江は向後どうするのであろうか。いずれにせよ、それがしはもうこの『もどき友成』を手放さなくて良さそうだな」

　下野江の運命が変わったのは自分のせい、ということなど気にした様子もなく、助八郎は他人事のように言った。

「助八郎どの、そなたは見たところ痩せてもいないし、顔色も良うござるな。いったいどのような暮らしをしておるのです」

　嘉一郎は最前から不思議に思っていたことを聞いた。もどき友成もまだ売り払っていないのであれば、助八郎は金を持っていないはずだ。

「嘉一郎、気にするには及ばぬぞ。それがし、めしはたらふく食うておる」

「どこぞで金子を得ましたか」

「このもどき友成がそれがしのただ一つの金に換えられるものと知っておろう。友成を売りもしないのに金子があるわけはないわ」

「ではいったいどのようにして」

「なに、めし屋で『予は毛利家の者だ。あとから下士がめし代を払いにくるゆえ、飯を食わせろ』と申したところ、『どこの毛利家か知らないが、そんな殿さまがこんなざっかけないめし屋にわざわざ来るもんか。お侍さんよ、金がなくて腹が減ってんだろ、芋の皮剝きを一刻ばかり手伝ってくれたら、飯と汁くらいは食わせるぜ』と言われたのだ。それゆえ、そのめし屋の裏庭で芋の皮を剝いたら、なかなかうまくいってな」

嘉一郎は、それを聞いて呆然とした。

「なんと助八郎どの、落ちぶれたりとはいえ毛利家三男坊が、江戸のざっかけないめし屋で芋の皮剝きをしたと申されるか」

「嘉一郎、それがしはとにかく腹が減っておったのだ。ゆえに、言われるまま裏にまわってみると、先に芋の皮を剝いていた女子がふたり、『お侍さんが皮なんか剝けるのかい、怪我しないようにしな』と言って手本を見せてくれてな。それがしも真似をして芋を剝いてみたら『あら、お侍さん上手ね。剣術もきっと得意なのね』と褒められた」

助八郎はその時のことを想い出したか、嬉しそうだった。

「武士の命である刀しか持ったことが無かったそれがしだが、包丁の方がうまく使えるようでな、めし屋の主からも褒められて、それからは、訪ねて行って芋の皮を剝けば、めしを食わせてもらえるようになったのだ。めし屋の女衆からも近頃は『お侍さん、手先が器用だから菜っ葉の下ごしらえもお願いします、助かるわ』などと頼まれてな」

助八郎にそんなことができたのか。藩にいては決してわからないことだっただろう、と嘉一郎は思った。ともあれめし屋の主や、女衆にも頼りにされているらしい。

愛らしい女子の新免花月に負かされて、素直にそれを認めることができずに姿を消した新庄欽一郎の後ろ影がなぜか思い出された。

「助八郎どの、おみそれいたしました」

嘉一郎は心から言った。

毛利家の九代目藩主が生ませた妾腹の三男坊として、「もどき若様」とか「ヒカエ（控え）」と軽んじられていた助八郎だった。佐伯城下の道場の門弟仲間だったとはいえ、下士の嘉一郎はとくに入魂《じっこん》ではなく、脱藩するときになぜかくっついてきたもどき若様は、自分の助太刀稼業にたかるだけの迷惑な御仁だと思っていた。

だが、ただいま江戸では、

「大名家の跡継ぎである」

などと見栄を張ることをやめた上、めし屋の主人や女衆の言うことを素直にきいて、なんとか元気に暮らしているらしい。

相変わらず背丈は四尺五寸あるかなしかの小柄な助八郎が、なんとなく、大きく感じられた。

「どうだ、嘉一郎、そなたも芋の皮を剝いてみるか。それがしには助太刀稼業はできないが、芋の皮剝きならそなたに負けぬぞ」

「それがしも、負けられませんな。助太刀稼業なり、剣の指南なり、できることを懸命にこなすのみです」

嘉一郎に認めてもらったことに満足したか、またしても腹が減ってきたか、助八郎はあっさりと去っていった。

結局ずっと助八郎とともにあるあの「もどき友成」は、助八郎に愛でられながら、いずれは芋の皮を剝くのに使われるのかもしれぬ。刀の運命として、それも気ままで良いような気持ちがした。

嘉一郎は、己は助太刀稼業に精を出そうと思い、刀剣商にして金貸しの備前屋に顔出しした。

「おや、しばらくぶりですな。金子にはお困りではありませんな。うちにそれなりの金子を預けておられる身ですからな」

「遊び暮らすのはよくないわ。なんぞ仕事はござらぬか、大番頭どの」

「ほう、よい心がけですな。いささか厄介な仕事がございますぞ。それでよろしいですかな」

「結構結構」

「船を用意させるまでしばらくお待ち下され」

と言われた嘉一郎は一刻半（三時間）ほど備前屋の使用人部屋で仮眠したあと、遅い昼餉を馳走になって地下の船着場に用意されていた二丁櫓の屋根船に乗り込んだ。すでに國蔵は書付を膝に置いて、行灯《あんどん》の灯りで何事か調べていた。

「神石様、こたびの御用は長引けば三日ほどかかりますが、差支えありませんかな」

「國蔵どの、それがしは独り身でござる」

「ならばいささか遠出しますぞ」

と言った國蔵が障子戸を開くと主船頭を呼び、行き先を告げた。船頭は、

「畏まりました」

と返答をした。

舫い綱が解かれ、屋根船が光のなか、御堀に出た気配がした。

國蔵はまた書付に視線を落として仕事に戻った。

備前屋の仕事のやり方はすでに嘉一郎も承知していた。ゆえに嘉一郎も、どこへ行くか尋ねようともしなかった。

國蔵は書付に目を落としてはぶつぶつと何事か漏らしていた。ふいに顔を上げて、

「わたしどもの住むこの界隈で大川と呼ばれる川の真の名は隅田川でしてな」

「おお、それなれば聞いたことがある」

「隅田川の上流を戸田川と呼び替えまして、右岸の三河島村界隈に御立場《おたちば》がございます」

「おたちば、か。なんであろうな」

「おたちばはこのように記します」

國蔵は仕事柄つねに懐に所持する紙綴りを出して矢立から筆をとり認めた。だ

が、それでも嘉一郎には理解できなかった。

「立場の頭に御の字が付されておりますな。つまり上《うえ》つ方《かた》の、たとえば公方様のようなお方がかつて佇まれた場という意です」

「ふーん、公方様がな、三河島村の戸田川の岸辺にお立ちになった場所ということか」

「いえ、まあそういうことでございますよ」

と応じた國蔵の語調は確固としたものではなくなった。國蔵はまた聞きか、うろ覚えの知識を述べたらしい。

「相分かった。三河島村の一角に御立場があるのだな」

「さよう、本日は辻駕籠などなき御立場から西に向かって田圃道を、阿遮院《あしゃいん》を目指してたっぷり一里は歩きますぞ」

「大番頭どの、それがし、武者修行の身でござる。田舎道を一里などなんでもございませんぞ。待てよ、訪ねた先で大金の返済が見込めるのかな、大金となると帰り道が大変だな」

この日は國蔵とふたりだけで、手代は従っていなかった。

四

「いえね、そう容易く返済されるとは思いません。数日ねばる覚悟はこのためです」

國蔵はうんざりとした顔を見せて、洩らした。

「大番頭どの、お聞きしてよいかな」

「阿遮院にいくら貸してあるか知りたいですかな」

「ふだんから勘はよろしい大番頭どののじゃが、本日は格別かな」

と嘉一郎は感心してみせ、

「大金となると、それがし一人にて運んでこられる金子であろうか」

と自問するように言い添えた。

「先代のご住持逸泉《いっせん》師に両替屋が立て替えた金額は七百十五両ほどでした」

と持って回った返事をした。つまり備前屋が直に貸してある金子ではないと國蔵は言っていた。

「なかなかの金額であるな」

と応じる嘉一郎を備前屋の大番頭が手で制し、

「この金額の借用書が私の懐に入っております。利息を加えて八百三十三両二分です」

「全額の返済を受けると、八百三十余両をそれがしひとりで担いで田舎道を戻ることになるのかのう」

中老の國蔵に持たせるわけにはいくまいと嘉一郎は考えてこう尋ねた。

「神石様、さようなことがあるとよいのですが、まず無理でしょう」

「備前屋の大番頭どの自らご出馬にしては弱気ですな。半金、いや、せめて三分の一に当たる二百七十余両は支払ってもらえませんかな。われらふたりが赴くのですぞ」

しばし考えるように首を傾げた國蔵に、

「阿遮院には過日の僧兵のような輩が待ち受けておりますかな」

と嘉一郎が問うた。

「いや、それはありますまい」

と否定した國蔵が、

「ただ今の阿遮院は金蔵にそれなりの金子を隠し持っていると、うちの調べで突き止めてございます」

と言い添えた。

さすがは刀剣商にして金貸しの備前屋の大番頭だ。当然の調べが為されている、と嘉一郎は改めて得心した。

「難儀はただ今の阿遮院を取り仕切る妙信《みょうしん》なる尼です」

と憎々し気に敬称も付けずに國蔵が言い放った。

「おや、阿遮院は尼寺でございますかな」

「いえ、とんでもございませんぞ。弘法大師空海を宗祖とする真言宗のお寺様、わたしもその信徒でしてな」

と國蔵が言い切り、備前屋とも深い関わりがある相手と言い添えた。

「されど、つい先ほど國蔵どのは、阿遮院を取り仕切るのは妙信様と申されませんでしたかな」

「それでございますよ」

と吐息をついた。

「空海の末裔と自称する当代のご住持の悦玄《えつげん》師に三年ほど前、隠し女が出来ましてな、それがいつの間にか妙信と称する尼僧に変身したかと思うと、阿遮院を取り仕切る尼として力を揮うようになりました。なかなかのやり手でしてな、わたしどももこの女の扱いに困っておりますので」

「空海の末裔に隠し女ですすと、呆れましたな。さような滅茶苦茶が真言宗ではまかり通りますので」

ううーん、と國蔵が呻った。

「この女、当代の悦玄師を手練手管で籠絡しましてな、ただ今では阿遮院の陰の主として我が物顔に振る舞っております。むろん私ども信徒もあれこれとご住持に忠言を申し上げてきました。ですが、悦玄師が妙信に首ったけでしてな、私ども信徒らの言葉を受け入れてくれません」

「空海の末裔も女衆に惚れこむと、どうにもなりませぬか」

「なりませんな。空海より女子衆のほうが好ましゅうて、はるかに力は上というわけでしてな」

「野暮を承知でお尋ねしますが、妙信はよほど美形な尼僧でございましょうな」

「そ、それが」

と國蔵が途中で言葉を飲み込むと黙り込んだ。

「どうなされました」

「世間にはわたしのような凡人には理解できぬことがございますな」

と慨嘆した。

「ほう、魔訶不思議なことが僧侶の悦玄師に起こりましたか」

との嘉一郎の問いに國蔵が言葉を失ったように黙り込んだ。しばし間をおいたあと、

「悦玄師は、どちらかというと小柄な、いや、はっきり申しますと、貧弱な五体の持ち主です」

と國蔵が洩らした。

「世間には何百万もの方がおられて、人それぞれ容貌も体付きも違いましょう。まして仏に仕えるお坊さん方は、われら愚民に心の大事を教えてくださる選ばれた人々、体が小さいなど些細なこととは違いますか」

「ええ、神石様が申されるように世間にはお相撲さんのような大男もおれば、さほど背丈の高くない私の半分のお方もおられます」

と言った國蔵はいよいよ言葉を失くしたように黙り込んだ。

長い沈黙だった。

「どうされましたな」

と嘉一郎が先を促した。

「世間には目方百貫と称される御仁がおられますな。妙信はまさに目方百貫といいたいが、そんなもんじゃない。悦玄師の体の五、六倍の大きさでしてな」

「國蔵どの、体の大小、背丈の違いは千差万別です。まあ、天から授かったもののひとつと称してよいでしょう。当人が選ぶわけにはいきませんな」

嘉一郎は繰り返した。

「神石様は自分の眼で見ておられぬゆえ、さようなことを平然と口にされまする。世には人間の何十倍もの大きさの象なる獣がおるそうですが、妙信に悦玄師が従っている光景は、象に鼠が、いや蟻が縋りついているようでございましてな。神石様、想像できますかな」

國蔵が嘉一郎の顔を正視して問い質した。

嘉一郎は無理に想像してみようとしたが、まるで思い浮かばなかった。

しばらくふたりは無言で田舎道を黙々と歩いていった。嘉一郎はふと思い付いて、

「國蔵どの、それがしが知るべきことをすべて話されたのでしょうか」

「いいえ、大事なことを告げていませんな」

との言葉に嘉一郎は足を止めて同行者を見た。だが、國蔵は直ぐには返事をしなかった。そこで催促した。

「お聞きしましょうか」

「妙信、女相撲の大関を張り通しておる女子です」

「女相撲の大関、でござるか」

嘉一郎はいよいよ妙信の姿が、どのように想像を逞しくしても頭に浮かばず、思わず自問めいた言葉を漏らした。

「いえ、わたしめ、女相撲と申しましたが草相撲の上位で活躍する男どもを何人も叩きのめしたそうな。またその取り口が荒い」

ふうーっ

と嘉一郎は大きな吐息を漏らし、それはあるまい、といった風情で顔を横に振って見せた。

するとその顔を見た國蔵が、追い打ちをかけるように言葉を発した。

「大女の妙信の得意技は張り手だそうです。わたしは直に見たことはありませんが、団扇《うちわ》のように大きな妙信の張り手で顎を砕かれた男の相撲取りが幾人もおるそうな。この者たち、廃人になって二度と相撲が取れなくなった」

「まさか、それはありますまい」

と嘉一郎は洩らしたが國蔵から否定する返答はなかった。

長い沈黙のあと、

「國蔵どの、それがし、この場から江戸へ引き返したくなりました」

「もはや遅うございますな。ほれ、阿遮院の山門が見えてきましたぞ」

と國蔵が行く手を指した。

樹齢何百年と想像される見たこともない種類の大木七、八本が天を突き、荒れ果てた山門を見下ろしていた。

「この荒れ寺が妙信どののおられる阿遮院ですか」

と念押しすると、

「はい」

と即答した國蔵の声が震えていた。

突如、巨人が大地を足で踏み込むような、どすん、どすん、という響きが嘉一郎の耳に聞こえてきた。

「おお、相撲の稽古と違いますか」

國蔵が恐ろし気に呟いた。

「まさか四股《しこ》を踏む足音ではありますまいな」

「間違いありません。妙信が四股を踏んでおると見ました」

國蔵も嘉一郎も信じられなかった。

大地が四股のたびに揺れた。

荒れ果てた山門に赤い字で、

「阿遮院相撲道場」

の看板が掲げられていた。そして、山門の間から望む本堂と思しき建物の前に屋根つきの立派な土俵があり、その真ん中でひとりの女子が四股を踏んでいた。

肌にぴたりと張り付いた白衣の主はこれまで嘉一郎が見たこともない大女だった。濡れそぼった白衣に真っ赤なまわしを締めこんでいた。

長い沈黙がふたりの間にあった。

「國蔵どの、あの女相撲取りに金子を返済させるなど、夢にも考えられませんぞ。どうします、本日は見物ということで引き返しませんか」

と嘉一郎が洩らしたとき、妙信がふたりに気付いたか、
にやり
と嗤い、こちらに来いと手招きした。

ふたりの背筋に悪寒が奔った。

やはりこの女子が妙信に間違いないかと、嘉一郎は愕然とした。

だが、大女の醸し出す雰囲気は男子武芸者とは違い、ねばりつくような恐怖で嘉一郎を一瞬にして圧倒した。同時に武芸者としての自信と誇りも失いかけていた。

ぬめりとした雰囲気だけで一瞬裡に圧倒する相手に、それも女子の武芸者に遭ったのは初めてのことだった。

「ど、どうします」

刀剣商にして金貸しを営む備前屋の老獪《ろうかい》な大番頭の声音も平静を欠いてふるえていた。

もはやこの場を去るなど出来なかった。

嘉一郎は、己は武者修行中の武芸者だと己に言い聞かせていた。そして、

(なぜにこれまでの自信と誇りを失ってしまったか)

と思案した。

相手が女子武芸者ゆえ、闘争心を失ってしまったのではないかと思った。

嘉一郎は阿遮院相撲道場への山門を潜った。

「よう参った」

と土俵上の妙信が土俵下の嘉一郎の顔を睨みながら言い放った。

「それがしの務めでな」

「務めとな」

「おお、助太刀稼業がそれがしの稼ぎ仕事」

「妙信相手に稼ぎ仕事じゃと、面白い。どのような務めか見せてみよ。妙信が満足せぬ稼ぎ仕事ならば、そのほう、土俵下の骸《むくろ》の仲間に入れてやる」

「土俵下に何者かが眠っておるというか」

「おお、そのほうと同業の用心棒風情、七七《しちしち》四十九人の男どもが埋まっておるわ。そのほうが五十人目のキリ良き男として土俵下に眠ることになる」

嘘か真か、妙信が宣告した。

「阿遮院の相撲場が墓場とな。面白い」

話しているうちに嘉一郎は平静を取り戻した。不可解な存在だった大女が数多の女の一人に思えてきた。

「まずはわが御用、八百三十三両二分の貸し金を頂戴しようか」

「その前にわが張り手を食らって土俵下に行け」

「そなたの張り手をそれがしが躱した折りは、貸し金丸々頂戴するぞ」

と言い放った嘉一郎がつかつかと妙信の前に歩み寄り、立ち止まった。間合いは妙信が手を伸ばせば十分に嘉一郎の顔に届くほどだった。

ふあっふあっははは
と妙信が豪快に嗤い、いきなり嘉一郎の頬べたに張り手を食らわした。

嘉一郎は一見微動だにせずその場に立っていたが、妙信が気付かない「躱し」を演じていた。

得意の張り手が躱された妙信は呆然として嘉一郎を眺めていた。

「どうだ、もう一度機会を授けてやろうか」

嘉一郎は相手を挑発した。

「な、なんとわが張り手が躱されたわ」

と妙信が呻き声を上げた。

「格別にそなただけがしくじったのではないわ。それがしの得意芸はこの躱しでな。もう一度失敗した折りは今度こそ八百三十三両二分を頂戴するぞ」

「妙信、生涯初めて張り手を空打ちしたわ。敵ながら天晴《あっぱ》れじゃ。利息を加えた金子はそのほうに渡す」

と妙信が土俵の屋根から垂れ下がった綱を太く長い手を突き上げて引くと、千両箱がひとつ静々と下りてきて、嘉一郎の仕事は成った。

第五章　みわの想い

一

時がゆっくりと流れていく。

初秋から仲秋、そして晩秋へと移ろっていく。いつしか燕の飛翔する光景も見られず、嘉一郎が名を知らぬ蜻蛉《とんぼ》が群れ遊んでいた。

神石嘉一郎はひたすら白井亨師が主宰する味噌蔵道場で稽古を積んでいた。

そんなある日、朝稽古の刻限に道場の番頭を任じる水上梅次郎が娘の手を引いて道場に入ってきた。だが、嘉一郎はそのとき、抜き打ちに没頭していて気付かなかった。

「か、い、ち、ろ」

と一語一語を口から絞り出すような声音が嘉一郎の耳に届いた。

（うむ、だれがわが名を呼んでおるか）

と思いながら道場の入り口を窺うと、なんと梅次郎がみわの手を引いてこちらを見ていた。

裾に艶やかな秋模様が染め出された衣装を着た娘の無邪気さは、道場の武骨な雰囲気を一瞬にして変えていた。それほどみわは愛らしかった。だれもがみわの無垢の美しさに圧倒されて、稽古の手を止めて娘を見ていた。

「みわさん、だれぞに案内されて味噌蔵道場を訪ねてこられましたか」

嘉一郎の問いにみわが首を横に振り、

「ひ、と、り、で、き、た」

と応じた。

「な、なに、みわさんは味噌蔵道場をご存じでしたか」

と尋ね返した嘉一郎は、はっ、と気付き、

「みわさん、口が利けまするか」

と驚きの表情で問うた。すると、

「かいちろう、どうじょうでけいこ」

と話すみわの口調が段々と滑らかになった。そして、言葉とともにみわの表情も生き生きとしてきた。

(これはどういうことだ)

みわを案内してきた梅次郎を見た。

「やはり嘉一郎様の知り合いでございましたか。表で、か、い、ち、ろ、って繰り返し呼んでおりましたので、もしかしておまえ様のことかと思ったのです」

「梅次郎どの、みわさんに連れはいるのかな」

「いや、それがし、渡し船を下りたところから見ていましたが、この娘御ひとりでした」

「魂消《たまげ》たな」

梅次郎からみわに眼差しを戻した嘉一郎に、娘がこくりと頷いた。

味噌蔵道場で稽古をしていた門弟衆が手を止めてみわの姿に釘付けになっていた。

「みわさん、お店に断ってこられましたかな」

との問いにみわが顔を横に振った。慌てて頷き返した嘉一郎は、

「梅次郎どの、頼みがある。そなた、刀剣商にして金貸しの備前屋にそれがしと

一緒に行ったことがあるな」

「おお、承知だぞ。まさか、この娘さんを南鍛冶町一丁目のお店まで連れて戻れっていうんじゃないでしょうな。それがし、この手の娘さんは苦手なのだがな」

梅次郎は眺めて言い放った。

「この手とはなんだな」

「嘉一郎様は、この初々しさを感じないのか、なんの穢《けが》れもなくて、神々しい。正面から顔を拝めないほど、なんと言っていいか、それがしなんぞが娘さんの近くにいていいかどうか。それがしは、吉原の三流どころの廓《くるわ》の女郎のほうがいい」

と梅次郎が嘆息した。

「梅次郎どのはなかなか細《こま》やかな気性の持ち主であるな。それよりなによりそなたも承知のように、それがしの出入りのお店の関わりの娘御でな。ともかく梅次郎どの、急ぎ備前屋に走ってな、みわさんが味噌蔵道場におると知らせてくれぬか」

嘉一郎の言葉を聞いた梅次郎が頷くより早く表に飛び出していった。すると入れ替わりに旅の武芸者と思しき二人組が道場に入ってきて、

「おお、おるわ、おるわ」

「娘がむさくるしくも無粋な剣道場に何用だ」

と言い合った。

どうやらみわの穢れなき美貌に惹かれて、見境もなく道場へ入ってきたようだ、と嘉一郎は推量した。

「そなたら、なんぞ当道場に御用か。道場は土間だが、入り口で草鞋は脱いでくれぬか。裸足の稽古はなかなか気持ちがいいぞ」

な、なに、と応じた武芸者が周りを見廻して、

「まさか、それがし、履物を履いたままであったか。それにしてもなかなかの剣道場ではないか」

江戸でも有数の味噌蔵道場の雰囲気に圧倒されたか、漏らした。道場では百人を優に超える門弟衆が稽古をしていた。

「そなたら、みわさんに惹かれて味噌蔵道場に入ってきたようだな。これも縁だ、白井亨師の主宰される道場で稽古をしていかぬか。本日の稽古代は要らぬ。師匠、ようございますな」

嘉一郎の言葉に、指導の合間に一服していた道場主の白井亨が煙草盆の灰吹き

に煙管の火皿を叩きつけながら、

「おお、よいよい、本日は無料である。それもこれも嘉一郎どのの知り合いの娘のご縁かのう。貧乏道場としては有難き幸せ、来月から月謝を払いなされ。新入りがふたり、みわさんに感謝、感謝であるな」

相手のふたりは道場で数多の門弟衆が稽古する様を見つめて言葉を失っていた。

「こ、ここはどこの剣道場でござろうか」

白井の言葉を聞いていなかったのか思わずひとりが呟いた。

「それがしが主宰する道場じゃが、だれもが正式な道場名など口にせんでな、味噌蔵道場と呼ばれておるわ」

「み、味噌蔵道場、まさか剣術家白井亨様の道場ではありますまいな」

「おお、ご存じか。この煙草好きのそれがしが白井亨でな」

わあっ！

と叫んだふたりが道場から表へと飛び出していった。

「おお、娘御が無粋な慌て者を連れてきおったわ」

白井の言葉に嘉一郎が、

「せめて最初の月謝を頂戴するまで居てくれるとようございましたがな」

「嘉一郎どの、厳しい道場の評判はどこもよくないでな」

とふたりが言い合った。

味噌蔵道場ではかような小騒ぎは日常茶飯事だ。それにしても清純さを漂わす娘が道場におるなど初めてのことだった。

「みわさん、こちらは嘉一郎が稽古を為す剣道場でござってな、お店から迎えがくるまで、見所にお座りになって見物しておられよ。よろしいかな」

「かいちろう、わたし、だいじょうぶ」

と応じたみわが、もはや現役を退いて、隠居と呼ばれるのがふさわしい老剣術家らが座す見所にちょこんと座した。

「おお、味噌蔵道場に愛らしい珍客が参られたぞ」

「初めてのことであるな、武骨な道場に一輪の花が咲いたようだな」

と隠居連が満足げに眼を細めて言い合った。

そんな光景を見た白井亨道場主が嘉一郎に、

「みわさんと申されるか」

と質した。

頷いた嘉一郎が、

「師匠もご存じの刀剣商にしてあれこれと大商いを為す備前屋の縁戚の娘御でござってな、京生まれの京育ち、江戸をとくとは知らぬはずのみわさんがようも独りで当道場を訪ねてきましたな。どういうことであろうか」

と首を捻った。

「娘御はな、どうやらそなた目当てに道場を訪ねてきたのですぞ」

「師匠、それはありますまい。それがしに会いたければ、長屋に遣いを寄越せばいい。道場に出かけてくる要はない」

「いや、神石嘉一郎どのは意外や意外、娘心を承知でないようだ。みわさんはな、道場稽古を為すそなたの顔を見に来られたのです」

「ううむ、みわさんが剣術の稽古を見たくて日本橋川を渡って味噌蔵道場に参られましたか。さようなことがござろうか」

「嘉一郎どの、いつものように独り稽古を続けられよ。それがしが見所のみわさんの様子をしかと見守っていますでな」

と白井に言われた嘉一郎は木刀を携えて道場の片隅に参り、素振りを始めた。

木刀や竹刀を手にすると、嘉一郎は雑事を忘れて稽古に没頭した。

素振りをする嘉一郎を見るみわの表情を観察した白井亨が、

「やはり」

という言葉を漏らした。

剣術道場の稽古風景というより神石嘉一郎の素振りを熱心に見つめるみわの様子に己の予測が当たっていると確信した。

さようなこととは無縁に嘉一郎は、木刀の素振りで五体を温めた。本身での稽古の前にその場で床に座し、瞑目した。

無念無想。

ひたすら己一人と対峙することに集中した。

そんな嘉一郎の様子をだれよりもみわが熱心に凝視していた。

どれほどの時が経過したか。

嘉一郎は眼を開けると刀掛けに置いていた薩摩の刀鍛冶波平行安が鍛えた刃渡二尺四寸一分の豪剣を手にして、腰に差し落とした。

この模様に気づいた門弟衆が嘉一郎から距離をとった。危ないからではない。とくと嘉一郎の真剣の扱いを見たいからだ。

味噌蔵道場のなかで真剣を扱わせたら、嘉一郎を凌ぐ剣術家は道場主の白井亨くらいだろう。そんな白井は、この道場のなかで真剣勝負の経験者がいるとした

ら神石嘉一郎のみと承知していた。とはいえ、真剣勝負の経験が当人にどのような影響を与えるか、

「人それぞれ」

と白井は考えていた。

嘉一郎のそれは純粋無垢、波平行安と心身が同化して業前が発揮された。それは嘉一郎の本業たる助太刀稼業、稼ぎ仕事の経験のなかで培われてきたものだと、白井亨は信じていた。豪剣波平行安は他者を斬るための道具ではない。万物を生かすための一剣であった。

大勢の門弟衆が自分の稽古を忘れて嘉一郎の業を見ていた。

不意に味噌蔵道場の表に訪問者の気配がした。

備前屋から大番頭の國蔵を筆頭に女衆と手代を引き連れた一行が、日本橋川鎧河岸にやって来て道場前の船着場に屋根船を舫ったのだ。

「みわ様、どうされました。店じゅう、大騒ぎで探し回りましたぞ」

老練な女中頭のおかくがみわの姿を見つけて道場の入り口で叫んだ。

「これ、おかくどの、大声を出すでない。みわさんが驚くではないか」

嘉一郎が注意してみわを笑みの顔で見た。すると、みわが、

「おかく、わたしひとりで来たの」

と言い添えた。

「剣道場の稽古を見に来られましたか」

「ちがうの、かいちろうに会いにきた」

おかくにしっかりと手を握られたみわは他に用事があるわけではないと言い切っていた。実に素直な言葉だった。

「神石様や、みわ様はそなたの道場稽古を見に来たようだ」

備前屋の大番頭國蔵が小声で言い添えた。嘉一郎が、

「大番頭どの、みわさんはようも味噌蔵道場の場所を承知しておられましたな」

と話柄を変えた。

「そのことそのこと。まさかみわ様おひとりで日本橋川を渡った小網町まで訪ねてこられるとは、旦那様を始め、店じゅうが驚いていますぞ」

「京生まれ京育ち、江戸に慣れぬみわ様がようもひとりで日本橋川の左岸まで参られたとはな」

國蔵も驚きを新たにしながらみわの娘心を察していた。そして、道場主の白井亨に、

「白井先生、道場の稽古を邪魔致しまして申し訳ございません。主といっしょに改めて詫びに参ります」

と頭を下げた。

「大番頭どの、わが道場にかように愛らしゅうて可愛い娘御が訪ねて参るのは滅多になきこと、いや、初めてのことです。思いがけずかようなことが起こって道場主のそれがしを筆頭に大勢の門弟衆の無粋な心も和みましてな、喜んでおります。とは申せ、毎日では道場の稽古に差し障りが生じますでな。みわさんに、節季とか催しの折りに見物にお出でなされと願うてくだされ」

「承知しました」

と國蔵は応じたが、

「そのことみわ様が素直に聞いてくれようか」

と首を捻った。

「大番頭どの、この一件の立役者はどうやら師範代の神石嘉一郎のようであるな。神石どのがみわ様を説得できるとよいが」

と白井亨も困惑の態だった。

「ともあれ、どなた様もみわ様のお気持ちを傷つけてはなりませんぞ。こればかりはお互いが気配りをするしかないな」

「白井先生、確かにあれこれと騒ぎ立ててもなりますまい。静かに見守っていくしかございませんな」

と國蔵も言い添えた。

そんな話を嘉一郎は胸中複雑な思いを抱いて聞いているしかなかった。

味噌蔵道場の前の船着場に泊められた備前屋の屋根船に一統が乗り込んだが、おかくがみわの手を離した隙に、みわが船着場へと飛び戻り、見送りに出ていた嘉一郎の手を握ると、

「嘉一郎、南鍛冶町のお店にいっしょに帰りましょう」

と誘った。

「それがし、門弟衆に指導する務めが残っておりますれば、後ほどお店へ伺います」

「嘉一郎、白井先生にお許しを得ております」

とみわが言い切り、その手を引っ張った。

「先生」

「よいよい。本日は可愛い娘御と備前屋にいっしょに参りなされ」

と白井亭が笑顔で言った。

うーむ、と困惑の態の嘉一郎を前に大勢の門弟衆が、

「ほうほう、愛らしい娘が会いに来て、われらには手厳しい師匠も戸惑っておられますぞ」

「神石どのは娘御にはどうやら弱いらしいな。うちにも女門弟がいなかったか」

「おるにはおるが、ほれ、木幡花も新免花月も男勝りで、われらも手を出す気も起こらぬくらい猛々《たけだけ》しいからのう。あの面々を女とは嘉一郎どのも夢にも考えておられまい」

「あの娘、みわという名か。うちの女門弟といっしょにして比べるのはそれがしとて、どうかと思うぞ、ご同輩」

という門弟の問答を当の女門弟のひとり、新免花月が耳にしていた。

「そこの門弟衆、木幡花どのとわたし、みわ様とどこが違うか、正直にいうてみよ」

「な、なに、花月どのはそこに居られたか」

「そなたらの問答はすべて聞かせてもらいました。なんならこの場に木幡花どのも呼びましょうか」

「と、とんでもない。花月どのひとりでもわれらはお相手できぬ。われらの問答は男子同士の掛け合い、冗談口でござってな、お忘れくだされ」

と門弟衆のなかでも古手のひとりが花月に言い訳した。

「ならばこたびだけはそなたらの言葉、聞かなかったことにしてもよい」

「かたじけない、花月どの」

とその門弟が詫びた。

門弟衆が言動を鎮めたあと、備前屋の屋根船が鎧河岸の船着場を離れた。

「嘉一郎、みわが道場を訪ねてやはり迷惑でしたか」

とみわが案じ顔で聞いた。

「いえ、さようなことはございませんぞ、みわさん」

「ならば明日からみわが嘉一郎の稽古が終わる時分、迎えに参りますからな」

「そ、それはお待ちくだされ、困ります」

「わたしのことは気にかけないでいいの」

「いえ、気にかけるなと言われてもそれは厄介も極まりますぞ。みわさんが毎日味噌蔵道場に参られるとなると、門弟衆が平静を欠いて稽古に集中できなくなりますでな」

「ではどうすればよいの、嘉一郎」

　とみわが訝し気な顔で質した。

「そうですな、道場に姿を見せられるのを出来れば三月ごととか、いや半年に一回ほどにしてくれませんか」

「えっ、半年に一回だなんて、それではお迎えになりません。みわは暇が十分にありますゆえ、嘉一郎、みわのことはご案じ下さいますな。毎日参ります」

「いえ、江戸は日中とて、愛らしい娘御がひとり歩きするところではありませんぞ。やくざ者もおれば野良犬もうろついておりますでな」

「ならば、みわは備前屋の船に乗り、江戸の町を見ながら道場に通いましょう。みわは水上から町並みを見るのが大好きなのです。嘉一郎、宜しいですよね」

　無邪気なみわに見詰められると嘉一郎も、どう説得してよいか困惑した。すると國蔵が、

「みわ様、味噌蔵道場の門弟衆には若いお侍様もおられます。みわ様が道場に参られると、だれもが平静を欠いて稽古に集中できなくなります」

　幾たびも繰り返して説得しようとしたが、みわにはそんな言葉の真意が伝わりそうになかった。

「困りましたな。どういえばよいか」

と國蔵が思案投げ首の態で嘉一郎を見た。するとみわが、

「嘉一郎、みわが道場に毎日参るのは迷惑ですか」

と問うた。

「大番頭どのが申されるように、みわさんを見た者が稽古に集中できなくなるのは一番困ります。大怪我に繫がりますからな。そんなことになるならば、嘉一郎はもはや味噌蔵道場に通えませんぞ」

と言い切ったが、

「えっ、どうしてなの」

とみわが嘉一郎を見返した。

二

「ううーむ、どうしてかと申されてもな。よろしいか、道場は数多の門弟衆が、大半は男子が剣術の稽古をする場です、それはお分かりですな」

「嘉一郎、分かりますよ。わたし、決してお喋りをしたり、嘉一郎に話しかけた

りなどの邪魔はしません」

「嘉一郎も承知です」

「黙って見ていても迷惑ですか」

「みわさん、迷惑などありましょうか、ただな」

「ただ、どうしました、嘉一郎」

「味噌蔵道場の門弟衆は男ばかり、若い武家方が多いのです」

「お弟子のなかに女衆も混じっておいでです」

「はい、幾人か女門弟も稽古しております。されどあの女衆もわれら男衆と同じく稽古着姿、みわさんのようにきれいな召し物ではありませんでな。みわさんの姿は目立ちます」

「わたしも稽古着を着たほうがよろしいかしら」

「いえ、そういうことではありませんでな、みわさんの場合、どのような衣服にしようと目立ちます」

「あら、大変だわ。どうしましょう。わたし、嘉一郎の稽古を見にいくだけなのに」

　みわはどうしても自分の行動が引き起こす門弟衆の反応が理解できないようだ

った。

そのとき、備前屋の屋根船の船頭三平《さんぺい》が、

「すまねえな、兄さん方よ、ちょいとその苫船《とまぶね》をどけてくれないか」

と願う声がした。

三平は備前屋の奉公人であり、この界隈をとくと承知していた。

「いいぜ、船に乗っている娘をわっしらに差し出しな。すぐにも立ち退くからよ」

と上州訛りが応じる声がした。

三平はしばし無言で応じた後、

「おまえさん方、この船によ、だれが乗っているか承知か」

「ああ、承知だ、それがどうした」

「そうか、承知か。だがな、ここは江戸のど真ん中だぜ。八丁堀って言ってな、江戸町奉行所の役人衆、与力同心がたが住まいするところでもあらあ。止めときな、止めときな。今ならおれも聞かなかったことにして見逃してやろうじゃないか、在所の衆よ」

と平然と言い放った。

嘉一郎が屋根船の障子を少しばかり開けて、外を眺めた。楓川《もみじがわ》の越中橋界隈だと嘉一郎は察した。苫船が横向きに止まり、屋根船の行く手を塞いでいた。

「船頭よ、そんなことはどうでもいいからよ、娘を差し出しな。そうすりゃおめえは怪我をせず、おれたちもなにがしかの銭を稼ぐことになり、双方ばん万歳だ」

「なんとも都合がいい話だな。だがよ、うちの船に娘なんてひとりだって乗ってねえぜ。乗っているのは三神流の剣術の達人でな、味噌蔵道場の師範方を務める神石嘉一郎様ってお方だけだ」

「船頭、わっしらが事情を知らずしてかような用を務めると思うてか。障子を突き破って船ん中に飛び込んで大暴れしてもいいぞ」

　と上州訛りが凄んだ。

　嘉一郎はみわに胴の間に寝ているように仕草で命じ、夜間などに使う寒さよけの薄い綿入れをかけると、

「ほれ、船には娘など乗っておらぬがな、ご一統」

　と障子をさらに開けて言い放った。

「わっしらがなにも知らずに騒ぎを起こすと思うてか、この船に娘が乗っている

のは承知なんだよ。空とぼけるならば、船を叩き壊しても娘を連れ出すぜ」

と相手が凄んだ。

「ま、待て。それがしが気持ちよう昼寝をしている折りに叩き起こされたうえに、さような野暮な言葉を聞かされるとはいささか腹立たしいぞ」

と言いながら、嘉一郎が今度はがらりと障子を開け放った。

胴の間に六尺ほどの長さの竹棹《たけざお》が転がっているのを眼に留めていた嘉一郎は相手にみえないようにして手をかけた。

「邪魔するんじゃねえ、怪我してえか、さんぴん野郎」

「それがし、乱暴は嫌いでな。そなたら、おとなしくこちらの船を覗き込めば娘などいないことが分かろう」

「やかましいや」

と叫んだ相手が苫船から屋根船に飛び込もうとした。そんな相手の腹の辺りを嘉一郎は手にした竹棹で力任せに突き飛ばした。

相手にはなにが起こったか分からぬほどの早業だった。

うっ、と呻いた上州訛りが、どぼん、と大きな音を立てて楓川に落ちていった。

「やりやがったな、許せねえ」

と兄貴分らしき鬚《ひげ》のやくざ者が手にしていた長脇差を抜き放った。片膝を胴の間についてなかなかの構えだ。

「おおい、おれの船を血で汚すんじゃねえぞ、田舎者の兄さんがたよ」

と三平が怒鳴ると相手はいきり立ち、

「やかましいや。こやつを叩き斬ったら、船頭、おめえも血を流すことにならあ」

「上客をお乗せする屋根船が血まみれになると、おれの商いに差し仕えるぜ」

「てめえの血でてめえの船を汚すのだ、知ったことか」

と嘯《うそぶ》くと、長脇差を翳《かざ》してこちらの屋根船に飛び乗ってこようとした。

そのとき、屋根船の障子の陰に隠していた嘉一郎の竹棹がふたたび登場してやくざ者の胸を突いた。

「ああー」

と悲鳴を上げた鬚面も楓川の水面に落ちていった。

苫船にはあとふたり浪人者が乗っているようだが、平然としてひとまず騒ぎに関わろうとはしなかった。手慣れた連中で出番を心得ているようだ。

「嘉一郎さんよ、だれぞみわ様に関心を持った野郎がいるようだな、どうするな」

と船頭の三平がわざと大声で嘉一郎に問うて、近くに停まっている苫船を顎で差していた。

「みわ様に関心な、黙って頭を下げて願うならば渡してもいいがな」

「なに、みわ様を相手に渡すってか。それはどうかな、備前屋のご一統がお許しになるとも思えないぞ、嘉一郎さんよ」

「そうかのう。大番頭の國蔵どのも奔放なみわ様の扱いに困っておいでと見たがな」

嘉一郎は言うと國蔵を見た。

「確かにああ好き放題を気楽に為される娘御は厄介ですがな。とは申せ、この場におらぬみわ様のことをうんぬんするのはどうかと思いますが、嘉一郎様」

國蔵が大声で言い切った。

「おお、それもそうですな。みわ様は船には乗っておられませんな、いかにもさようでした、さようでした」

とふたりののったりとした問答は苫船のふたりの浪人者に聞かせるためのものだ。

「ともかくこの船に乗ってもいないみわ様のせいで、あれこれ言われるのは困ったものだぞ」

と嘉一郎が苦虫をかみつぶしたような顔で腕自慢と思しき浪人者に言い放った。

むろん相手方を苛立たせようという魂胆だ。

「みわ様はやくざの面々よりも扱いが厄介ですな。とはいえ、主の縁戚の娘御をわけの分からねえやくざ者に渡していいもんでしょうかな、嘉一郎様」

「うむ、とは申せ、この船に乗っておらぬみわ様を相手様に渡すことは叶いませんぞ」

「いかにもいかにも」

國蔵と嘉一郎の両人が益体もない言葉で言い合っていると、なんと、この場に居ないことにされているはずのみわが胴の間からごそごそと起き上がり、

「大番頭さん、嘉一郎、わたしが厄介者ですって」

と居直った。

「みわ様、わたしどもの問答は浪人さんに聞かせる話です。ささっ、早く胴の間に臥せって隠れてくだされ」

と今さらながらの言葉を國蔵が吐いた。

むろん浪人者たちもこれが茶番だと理解していた。

みわがふたたび胴の間に寝そべった。なんと素直な娘だと嘉一郎は考えながらも、みわはいつもどおり自然のままに行動しているのかと思い直した。

「ほう、これがその娘かのう、なかなか愛らしいではないか」

苫屋根の下から最後に姿を見せた浪人が頭分らしき男に声を掛けた。

「おまえさん、娘が愛らしいなど余計な世話だ。この場をどう始末つけるか、承知でしょうな」

と頭分が言い放った。

「むろん承知である」

と浪人のひとりが言い切った。

「ならば、やることを早々にやりなされ」

「相分かった。娘を早々にとっ捉まえてこの界隈から立ち去ろうではないか」

「娘と引き替えに銭を受け取りましょうぞ」

と言い合った。どうやら江戸で荒稼ぎして上方辺りにでも逃げる魂胆のようだ。

一方、備前屋の船では、

「神石嘉一郎様、これからがそなたの出番ですぞ」

と國蔵が改めて嘉一郎を煽った。

「相分かった」

と立ち上がろうとした嘉一郎は、

「みわさん、いましばらく屋根船に潜んで大人しくしていなされ、ようございますな」

と毅然とした口調で命じた。

「嘉一郎、わたし、なにも悪いことなどしていません。なぜ船のなかに隠れていなければならないの。相手もすでにわたしがいることを承知よ」

「まあ、そうでしたな」

嘉一郎は無益な問答を少しだけ反省した。みわが絡むと騒ぎの真剣みがなんとなく薄れてしまう。娘の純情というか、悪意のなさにだ。すると、

「わたし、こちらから嘉一郎の活躍をたっぷりと見物しておりますよ。いいですね」

とみわが言い出した。

「それは危のうございますぞ、剣術家同士の立ち合いはなにが起こるか、だれにも察せられませんぞ」

「危なくなんてありませんよ。いいこと、嘉一郎、相手方をあっさりと叩きのめしてはなりませんよ。たっぷりと相手したうえで手足の一本も叩き折りなされ」

と愛らしい口で残酷なことを言い放つみわの声が聞こえたが、

「われらの手足を叩き折れと命じておるぞ」

「それはこっちの台詞だ。警護方を叩きのめして娘をかっさらい、散々っぱら弄んだのちに銭に替えて早々に江戸を引き払うぞ」

と浪人者のひとりが船の舳先に立ち上がり、手にしていた大刀を腰に差し込んだ。頭分は手早く懐から紐を出して襷《たすき》がけにした。それを見たみわが、

「嘉一郎、そなたもたすき掛けにしましょうか。みわの下紐をお貸ししますよ」

と言い出した。

「いえ、襷がけにして立ち合う相手とも思えませんでな」

「でも殺伐としておっかない顔付きよ。ふたりして何人も怪我をさせたり殺したりしていると思わない」

「みわさん、殺伐なんて言葉をご存じですか。あの連中はきっと生まれたときからあのような面付きなのです。ともかくそれがし、まともに相手はしたくないでな、話し合いで事が済まぬか聞いてみましょう」

屋根から空の下にのそりと姿を見せた嘉一郎は、相手のふたりがかような騒ぎに慣れた面々と見た。

「ご両人、真剣で斬り合うのはどうかのう。わが船にはみわ様と申す愛らしい娘御も乗っておるでな、怪我をさせてもいかん」

「能天気なことをうだうだと抜かすでない。われらはその娘をもらい受けて参る。怪我をしたくなければ黙って娘を渡せ」

と相手が言い放った。嘉一郎は、

「ならば、それがしがみわ様をそちらの苫船に抱えて移しましょう」

とみわの手を取る振りをして、ひょいと苫船のふたりの浪人者の間に軽やかに飛び込んだ。

「おのれ、なにを致す所存か」

ひとりが刀を抜きながら苫船の上に立ち上がろうとした。すると先に構えを取っていた嘉一郎が腰を落とし、苫船を揺らした。

「嗚呼《ああ》、なにを致す」

と浪人者が中腰の姿勢でふらついた瞬間、悲鳴を上げながら水面に頭から落ちていった。

「おのれ、許さぬ」

と頭分が刀を抜いた。

船頭の三平の竹棹の先がその喉元を襲った。

ぐっ
と呻き声を上げた頭分が水上へと落下した。

「あら、わたしの出番はないじゃない」

とみわが言い出した。

「ございません。みわ様が動かれると新たな厄介が生じますでな」

と國蔵が嘉一郎を見た。浪人たちが水に落ち、船頭だけ残った苫船から、嘉一郎が備前屋の船に戻ってきた。

「備前屋どののお身内も奉公人も騒ぎを取り鎮める業前を承知ですな。主様に願って夕餉に酒《さき》を付けて頂きましょうかな」

との國蔵の言葉に酒好きの三平が、

「しめた」

と大声を上げた。

その時、嘉一郎はふと楓川の岸辺に立つ女衆に気付いた。

夏に南茅場町のめし屋で出会った掛け取りお銀が嫣然《えんぜん》とした笑いを浮べ、嘉一郎に手を振っていた。

三

「おお、そなたは掛け取りお銀どのでしたな」

「神石嘉一郎様、お久しぶりね」

「なんぞ御用かのう」

「仕事をお願いしたいんだけどどうかしら」

と言うと船着場に軽やかな足取りでお銀が下りてきた。

親し気に問答を交わし始めた両人を睨んだみわが、

「だれだか知らないけど、神石嘉一郎の働き賃は高いわよ」

と言い放った。

「備前屋の姪御のみわ様だわね。嘉一郎様に初めて願う仕事なのに申し訳ないけど、ただ働きのうえ、急を要する仕事なのよ。これから直ぐにも嘉一郎様の力を借りねばならないの」

と掛け取りお銀が平然とした顔で言い放ち、みわも、

「それは無理ね、嘉一郎はうちの仕事が忙しいの」

とまるで嘉一郎の身内でもあるように言い返した。

ふたりの女衆の問答はどちらもが嘉一郎の気性を承知している風だった。嘉一郎は口を挟むと新たな厄介に巻き込まれそうで黙っているしかなかった。

「みわ様、いえ、神石嘉一郎様、話くらい聞いて頂けませんかね」

お銀の言葉を聞いて、ちらりとみわが嘉一郎を見た。

しばし嘉一郎は沈思していたが、もはやお銀の話を聞くこともなく断るのは無理だと思い、

「お銀どの、船にお乗りにならぬか」

と応じていた。頷いたお銀が船に乗り込もうとした。するとみわが、

「この屋根船はうちの持ち船よ。ご両人さん、わたし、下りないわよ」

とみわが言い放った。

嘉一郎はお銀の顔を見た。

「そうね、みわさんに聞いてもらわないとね」

とお銀が応じていた。

えっ、という顔でみわが自分を指で差した。

「わたしになにか関わりがあるというの」

「そう、みわさんと同じ年頃の娘さんがこのところ七、八人行方《ゆきがた》知れずになっているの。奉行所も密かに探索しているから、読売屋にも、まして世間にも知られてないはずよ。これには異人船が関わっているの」

とお銀が言い切った。

「この江戸でおこっている騒ぎは大抵、この『掛け取りお銀』の耳に入るのよ。攫《さら》われた娘たちの家はすべて、老舗の大店ばかりで、ともかくどこも分限者なの。そして、どうやら拐《かどわ》かされた娘たちは、異国へ売られそうになっている。本日、娘を拐かされた家に、娘が身に着けていた持ち物がひそかに届けられて、そこに『娘はいずれ返すゆえ騒ぐでない。奉行所に訴えれば娘の命はない』という文がついていたの」

それを聞いた嘉一郎とみわは、驚きに言葉もなくお銀をみつめた。

「娘を攫った奴らは、奉行所に知られる前に、どうやら今夜、佃沖から船で江戸を離れるらしいの。もう遑《いとま》がないわ。嘉一郎さんなら娘たちを助けてくれるはずだと思って急いで来たの。そうしたら、みわさんも危ないところだった。きっとあいつら、みわさんも攫っていく心算《つもり》だったのよ」

深夜九つ（午前零時）前、南鍛冶町一丁目の備前屋の地下の船着場から古びた苫船が御堀に姿を見せた。助船頭が舳先で見張りに立ち、艫《とも》に主船頭と見習いのふたりが乗組んでいた。苫屋根の下に乗っているのは嘉一郎とみわのふたりだ。

船頭衆はこの界隈の堀を承知で夜というのに操船の手際がよかった。そして密やかに二艘の漁《いさ》り舟が御堀に出た苫船を見え隠れに追尾していた。

白魚橋を潜って八丁堀を東に下り、大川河口に出た苫船は鉄砲洲を横目に石川島と佃島の間の水路を通り抜け内海に出た。すると苫船の行く手に唐人船のような大きな帆船が灯りもつけずに停泊していた。

「嘉一郎、あれが拐した娘たちを乗せた異人の帆船じゃないかしら」

みわが興奮を抑えた態で言い放ち、

「この界隈でかように大きな帆船は見かけぬ。なにより和船とは全く違うな。娘たちが異国に連れ出されて売られてしまう前に助けださなくては」

と嘉一郎が応じていた。

二艘の漁り舟には小網河岸の味噌蔵道場の面々と備前屋の若い衆が混在して乗

り込んでいた。一方、三本帆柱の巨大な異国帆船には大筒や鉄砲など飛び道具も備えていると予測された。

「拐かし一味たちに気付かれることなくどこまで近づけるか、われらには不意打ちしか手立てはあるまい」

嘉一郎が自分に言い聞かせるように呟いた。

二艘の漁り舟の一艘が苫船より先行すると異人船に気付かれずに船尾になんとか接近した。さらにもう一艘も船首に忍び寄った。異人船はこちらの動きに気付いていないように思えた。

漁り舟に乗り込んだ男衆の何人かの手には松明《たいまつ》があって、足元には菜種油を入れた樽が置かれていた。むろん松明に灯りは灯されていなかった。

「みわ、苫船で待っておれ。なんとしても女衆を全員といいたいが、ひとりでもふたりでも多く助け出したい。それしかそれがしにできることはない」

異人船の左舷から縄はしごが垂らされて小舟が舫われていた。

「嘉一郎ひとりで異人船から女衆を助けることができると思って。みわも手伝うわ。悪者一味の注意をわたしに惹きつけるくらいできるもの。それに娘さんたちは、同じ年頃の私がいれば、安心するはずよ」

とみわが言い切った。

みわの頑固な気性を考えた嘉一郎は、

「よし、ならばそれがしが一味らに抗う間に、そなたはなんとしても女衆をひとりでも多く助けるのだ」

と指示した。

そのとき、異国帆船の船尾と船首に近寄った小舟の面々が、油を入れた樽を投げつけ、火をつけると急ぎ船から離れた。

それを確かめた嘉一郎とみわが縄はしご伝いに異人船の甲板に上がった。すると見張りのひとりが帆柱に背を預けて座り、うつらうつら居眠りをしていた。忍び寄った嘉一郎が手にしていた木刀の先でこつこつと肩を叩くと、見張りが、

「うーむ」

と声を洩らしながら立ち上がろうとした。

嘉一郎が素早く相手の鳩尾を木刀の先で突くと、呻きながらくたくたと崩れ落ちようとした。その体を片手で抱き止めると、相手はすでに意識を失っていた。

そこへ仲間の男が拐かされた娘と思しきひとりを連れて姿を見せた。大方、甲板で悪さをしようという魂胆か。

みわと嘉一郎は目配せし合うと、船酔いでもした風情でふらふらしながら近付いた。

「なんだ、おめえらは」

「わたし、お仲間よ、覚えてないの」

とみわが歩み寄り、

「おめえの面は、おりゃ、知らねえぞ」

と男が言い放ったとき、異国帆船の船首と船尾から炎が上がった。

そちらを見て、なにか喚きかけた男に駈け寄った嘉一郎の木刀が肩口を軽く叩くと、男はあっさりと崩れ落ちた。

「火事だ、船が燃えておるぞ」

別の若い衆が叫んで騒ぎが起こった。

「あなた、こいつらに拐かされた女子衆ね」

とみわが呆然として佇む娘に質すと、

「は、はい」

と応じた。

「いいこと、わたしの仲間の嘉一郎さんが暴れ回る間に、わたしとふたりで、みんなを助け出すわよ」

とみわが言うと、

「あなたは、どちらの方ですか」

と娘が問い返した。

「今はそんなことどうでもいいわ。みんなを助け出すのが先よ。拐かされた仲間がいるところにこの人を連れていって」

とみわが命じ、嘉一郎が、頼むというように大きく頷いた。

そのとき、拐かし一味の仲間たちが異人語で喚きながら甲板に飛び出してきた。

嘉一郎が寸毫速く対応した。木刀を的確に振るい、四人をひと息に叩きのめして甲板に転がしたのだ。孤軍奮闘せねば娘たちを助けられないし、己の命もないと覚悟していた。

「さあ、そなたの仲間のところに行くぞ、案内せよ」

嘉一郎の活躍を見た娘は、

「こちらです」

と嘉一郎を従えて甲板から消えた。

夜風が吹き付けてきて、船首と船尾の炎が一段と激しく燃えだした。船内じゅうで大混乱が起こっていた。火事がどの程度か、確かめる者はいないようで、ただ無暗に慌ただしく走り回っていた。

みわは松明を手にして火を移すと、甲板の船荷に火をつけて回った。荷が燃え上がるとほぼ同時に甲板に必死の形相の娘たちが飛び出してきた。

「海に飛び込みなさい。大丈夫よ、小舟が助けてくれるからね」

とみわが大声で叫んで知らせた。みわの言葉を聞いた娘たちは、甲板から海へと次々に飛びこんでいった。

同時に甲板下の船室から階段伝いに飛び出してきた異人たちが小舟《ボート》を下ろして逃げ出そうとした。それに異人の頭分が、短筒《たんづつ》を翳しながら、なにか叫んでいた。

「おまえら、積んである金子を小舟に載せよ」

とでも叫んでいるのか。

「火事だ、船が燃えるぞ」

と和語の叫び声がしたとき、嘉一郎が拉致されていた女衆を率いて甲板に飛び出してきた。

「嘉一郎、暇がないわ。みなさん、異人船から海に飛び降りるのよ。小舟があなたたちを拾い上げてくれるからね」

とみわがふたたび喚き、次々に海面へと女衆が飛び降りていった。

異人船の甲板の炎は一気に大きく燃え広がっていた。だが、船から海に飛び込むのが怖いのか、尻ごみしている女衆もいた。

「この船に残れば焼け死ぬしかないぞ、海に飛び込め。小舟が待機しておるでな」

と嘉一郎が繰り返し大声で叫び、甲板にしがみつく女衆を強引に海面へと次々に落としていった。

そんな最中、甲板の荷のひとつの火薬に火が付いたとみえて、

ドーン

と轟音が響き渡り、甲板に残っていた女衆が嘉一郎やみわの命に従い一気に海へと飛び込んでいった。

十数人の女衆は、手で海面を掻いて炎上する帆船から離れようとしていた。一瞬後、備前屋の苫船や漁り舟は女衆を引き上げ、佃島へと舳先を向けた。

一方沖合で炎上する異人船の火事に気付いた佃島の漁師らが漁り舟を夜の海に出して、

「おーい、船に残っていたら焼け死ぬぞ。わしらがおるでな、海に飛び込め」

とか、

「なにが入っているか知らんが、荷など持って海に飛び込むとおぼれ死ぬぞ」

などと叫んで、ひとりでも多く炎上する船から助け出そうとしていた。

嘉一郎の乗り込んだ苫船にはすでに女衆ばかりが十人ほど胴の間にへたり込んでいた。そんな船に海から不意に手が伸びて、

「助けてくれ、乗せてくれ」

と願う声がした。すると女衆の中のひとりが、

「こ、こいつ、異人の頭分だよ、悪党だよ。助けることはないよ」

と言い出し、手をはらおうとした。

「待て、待ちなされ。その者が異人であろうとなかろうと、異人と同じ行いをわれらがやってはならぬ」

「そうは言うけど、この船にもはやひとりだって乗せられないよ」

「ならば船縁にしがみつかせておきなされ。この者の運しだいで生死は決まる」

と嘉一郎が言い放ち、大勢の男女を乗せた苫船は佃島へと近づいていった。

四

女衆を佃島の庄屋の屋敷に連れ込み事情を告げたとき、異人船が大きな爆発音を響かせて燃え上がった。

嘉一郎はひとり佃島の浜辺に出て、昨日から起きたことを思い出しながら、最後の瞬間を見届けようとした。

江戸の内海深くに入り込んできていた異人船は船体を大きく傾け、白い煙の間から赤い炎を上げていた。

猪牙舟が一艘、石川島と佃島の間の水路を抜けて姿を見せた。

「嘉一郎」

と呼ぶ声に目を向けた嘉一郎は、猪牙舟にみわが乗っているのを見た。

船頭は備前屋の奉公人の三平だ。

「船にとらわれていたひとたちは全員備前屋の長屋に移されて、奉行所の役人が話を聞いているわよ」

とみわが叫んで知らせてくれた。

「みわ、そなた、少しは休めたのか」

「一刻くらい自分の部屋で寝たわ」

東の空が真っ赤に燃え上がり、日が昇った。

「嘉一郎は寝るなんて無理な話ね」

「大騒ぎの原因である異人船の最後を見届けようと思ってな、佃島の海岸べりで一夜を過ごした」

「ならばこの舟に乗ってよ、近くまで寄って船の最後を見ましょう」

嘉一郎は海水に足を取られながらも猪牙舟に駈け寄り、飛び込んだ。

「なんだか、いいにおいがしておらぬか」

「備前屋の女衆が炊き立てのご飯でおにぎりを拵えてくれたの。お味噌汁も煮付けもあるわよ」

「おお、食い物のにおいを嗅いだら腹がぺこぺこだと気付いたわ」

ぺたりと猪牙舟にへたり込んだ嘉一郎の前の重箱にぎっしりと作り立てのにぎり飯のほか、煮物や焼き物が詰められているのが見えた。

「嘉一郎、お酒も大徳利にあるわよ。大勢の人が命を落としたこんな日は、お酒を飲んで供養するのもいいんじゃない」

「まずは喉が渇いた。茶があるならば所望したい」

「男衆はだれもがお酒を願うと思ったけど、嘉一郎はお茶なのね」

「ああ、それがしは茶だな。酒は盆暮れに頂戴すればよい」

「正月はいいの」

「暮れに飲んだ酒が元日に残っていよう。屠蘇《とそ》を口にして雑煮を食する、それが正月の馳走じゃぞ」

嘉一郎の返答に茶の仕度を始めたみわが不意に笑い出した。

「おかしいか」

「嘉一郎のお嫁さんになった人は楽でいいわね。この界隈の漁師さんはお酒を飲み出したら、酔いつぶれるまで二日も三日も飲み続けるそうよ。それが男衆の心意気だと思っているのよ」

「どうだ、みわ、そなたがそれがしの嫁女になるか。酒もそこそこゆえ楽でよかろう」

ふと思いついたことが口を突いていた。みわが嘉一郎を凝視してしばし黙り込んだ。

「どうした、みわ。黙り込んで」

茶の仕度をしていたみわの手が止まり、その代わりに大徳利を両手で捧げ持って嘉一郎に差し出した。

「どうした」

と嘉一郎が同じ問いを繰り返した。

「みわの注ぐお酒を飲んで」

「それがしに酒を飲ませたいか」

「大事なことを決めたとき、大人たちはお茶ではなくてお酒を飲み合わない」

「大事なことを決めたのか、みわ」

嘉一郎の問いにみわがこくりと頷いた。

「どんなことを決めた」

みわの口が震えて徳利が揺れた。

「みわは侍の神石嘉一郎さんのお嫁さんじゃなくて、ただの嘉一郎の嫁になるわ」

と言い切った。

しばし無言でふたりは見つめあった。

「ならばみわ、酒を酌み交わそうぞ」

嘉一郎が徳利を持ったみわの震える手に自分の手を重ねた。しばしふたりは互いの手の温もりを感じ合っていた。

どれほどの時が流れたか。

嘉一郎は徳利をとるとみわに盃《さかずき》を持たせ、ゆっくりと酒を注いだ。

「それがしの、嘉一郎の嫁女はみわじゃぞ」

「は、はい。みわの夫は嘉一郎様です」

と言い合ったふたりが互いの顔を見合った。

しばし沈黙の間があって、嘉一郎の口調が変わった。

「みわ、よいのかな。嘉一郎の嫁になって」

「わたし、ずっとずっと前から嘉一郎様の嫁になると思ってきたわ」

そのとき、半ば水没していた異人船の船体が異様な音を立ててさらに傾いた。

ふたりは胸のなかで、

(騒ぎが終わり、新たな日々が始まる)

と同じことを思案していた。

次の瞬間、

ド、ドドーン

と大きな爆発音が響き渡った。

ゆっくりと船が佃島の沖合に沈んでいくのをふたりは無言で見ていた。

嘉一郎とみわが乗る猪牙舟に波が押し寄せてきた。

猪牙舟の船頭の三平が上手に波を受け流した。

「異人の船が沈んでいくわ」

「ああ、なにかが変わろうとしているのだ」

「なにが変わろうとしているの」

「新たな日々が始まるのだ、みわとふたりのな」

三平が、

「おふたりさんよ、これからどうする気だ」

「江戸の内海で一番深いところに連れて行ってくれぬか」

と嘉一郎が願った。

半刻後、猪牙舟は江戸の町並みがかすかに遠望できるかできないか、そんな海面に止まっていた。

嘉一郎が薩摩の刀鍛冶が鍛えた波平行安から小柄《こづか》を抜いた。

「神石嘉一郎様よ、なにをする気だえ」

「それがし、この行安という立派な刀と共に生涯を送る、それが武士として当然の行いと思っていた。だが、そうではないことに気付いたわ」

「嘉一郎、どういうこと」

みわが問うた。

腰から静かに抜いた波平行安を、生死を共にしてきたその道具を、嘉一郎は凝視した。

どれほどの時が経過したか。

「それがしの助太刀稼業は、終わった」

と呟いた嘉一郎は、行安を海へと放り投げた。

「ああー、なんてことを」

驚愕の悲鳴を三平が漏らした。

数多の修羅場を嘉一郎とともに潜り抜けてきた行安は、虚空にしばしあったが、不意に力を失って海面へと落ちていく。

嘉一郎の手には小柄だけが残されていた。

波間に吸い込まれるように落ちた波平行安は、ゆっくりと海の中へと沈んでいった。

行安が消えた波間を黙って見つめていたみわの耳に、

「それがしにはみわがおる。われらふたりで生き抜く道を思案しようではないか」

との言葉が響いた。みわは、じっと嘉一郎をみつめ頷くと、

(これからは新たな日々が始まるわ)

と確信した。

過ぎし日に備前屋の主、十右衛門と交わした問答を嘉一郎は思い出していた。

十右衛門は言った。

「お武家様方は鞘に刀を納めたまま、この世を平穏に保つ。それが刀の眼に見えない真の力と思われませんか」

その折りに嘉一郎は、

「……刀を鞘に納めたまま、世の中を動かしたとしたら、つまりは金子を動かす助勢を為したとしたら、それはもう武士にしかできぬ真の使命を果たしているのではなかろうか」

との言葉を口にしていた。

(刀を使わずとも世の中を動かすことはできる)

との考えが嘉一郎の中にはっきりと浮かんでいた。

（完）

この作品は文春文庫のために書き下ろされたものです。

文春文庫

新《あら》たな明日《あした》

助太刀《すけだち》稼業《かぎょう》（三）

定価はカバーに表示してあります

2025年1月10日　第1刷

著　者　佐伯《さえき》泰英《やすひで》
発行者　大沼貴之
発行所　株式会社　文藝春秋

東京都千代田区紀尾井町 3-23　〒102-8008
TEL　03・3265・1211㈹
文藝春秋ホームページ　https://www.bunshun.co.jp

落丁、乱丁本は、お手数ですが小社製作部宛お送り下さい。送料小社負担でお取替致します。

印刷製本・TOPPANクロレ

Printed in Japan
ISBN978-4-16-792318-1

文春文庫　佐伯泰英の本

女性職人を主人公に
江戸を描く【全四巻】

照降町四季《てりふりちょうのしき》

一　初詣で《はつもうで》

二　己丑の大火《きちゅうのたいか》

三　梅花下駄《ばいかげた》

四　一夜の夢《ひとよのゆめ》

画＝横田美砂緒

日本橋の近く、照降町に戻ってきた
女性職人・佳乃。文政12年の大火に
焼き尽くされた江戸から立ち上がる
人々を描く勇気と感動のストーリー。

文春文庫　佐伯泰英の本

柳橋の桜《やなぎばしのさくら》

全四巻

佐伯泰英

画＝横田美砂緒

番勝負

〈空也十番勝負 決定版〉

一 声なき蟬（上）（下）

二 恨み残さじ

三 剣と十字架

四 異郷のぞみし

五 未だ行ならず（上）（下）

坂崎磐音の嫡子・空也。
十六歳でひとり、武者修行の
旅に出た若者が出会うのは―。

酔いどれ小籐次

新・酔いどれ小籐次

① 神隠し かみかくし
② 願かけ がんかけ
③ 桜吹雪 はなふぶき
④ 姉と弟 あねとおとうと
⑤ 柳に風 やなぎにかぜ
⑥ らくだ
⑦ 大晦り おおつごもり
⑧ 夢三夜 ゆめさんや
⑨ 船参宮 ふなさんぐう
⑩ げんげ
⑪ 椿落つ つばきおつ
⑫ 夏の雪 なつのゆき
⑬ 鼠草紙 ねずみのそうし
⑭ 旅仕舞 たびじまい
⑮ 鑓騒ぎ やりさわぎ

⑯ 酒合戦 さけがっせん
⑰ 鼠異聞 ねずみいぶん 上
⑱ 鼠異聞 ねずみいぶん 下
⑲ 青田波 あおたなみ
⑳ 三つ巴 みつどもえ
㉑ 雪見酒 ゆきみざけ
㉒ 光る海 ひかるうみ
㉓ 狂う潮 くるうしお
㉔ 八丁越 はっちょうごえ
㉕ 御留山 おとめやま
㉖ 恋か隠居か こいかいんきょか

酔いどれ小籐次〈決定版〉

① 御鑓拝借 おやりはいしゃく
② 意地に候 いじにそうろう
③ 寄残花恋 のこりはなよするこい
④ 一首千両 ひとくびせんりょう
⑤ 孫六兼元 まごろくかねもと
⑥ 騒乱前夜 そうらんぜんや
⑦ 子育て侍 こそだてざむらい
⑧ 竜笛嫋々 りゅうてきじょうじょう
⑨ 春雷道中 しゅんらいどうちゅう
⑩ 薫風鯉幟 くんぷうこいのぼり
⑪ 偽小籐次 にせことうじ
⑫ 杜若艶姿 とじゃくあですがた
⑬ 野分一過 のわきいっか
⑭ 冬日淡々 ふゆびたんたん
⑮ 新春歌会 しんしゅんうたかい
⑯ 旧主再会 きゅうしゅさいかい
⑰ 祝言日和 しゅうげんびより
⑱ 政宗遺訓 まさむねいくん
⑲ 状箱騒動 じょうばこそうどう

小籐次青春抄

品川の騒ぎ・野鍛冶《のかじ》